시작하라, 지금 바로

_________________ 님께 이 책을 드립니다.

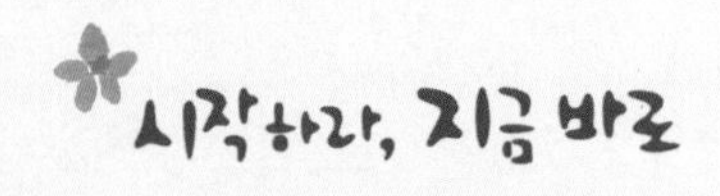

초판 1쇄 인쇄 | 2018년 2월 12일
초판 1쇄 발행 | 2018년 2월 12일

지은이 | 현상길
펴낸이 | 안대현
디자인 | 시대커뮤니티
펴낸곳 | 도서출판 풀잎
등 록 | 제2-4858호
주 소 | 서울시 중구 필동로 8길 61-16
전 화 | 02-2274-5445/6
팩 스 | 02-2268-3773

ISBN 979-11-85186-54-2 03800

• 이 도서의 국립중앙도서관 출판예정도서목록(CIP)은 서지정보유통지원시스템 홈페이지(http://seoji.nl.go.kr)와 국가자료공동목록시스템(http://www.nl.go.kr/kolisnet)에서 이용하실 수 있습니다.
(CIP제어번호 : CIP2018004548)

배움과 성장의 에세이

시작하라, 지금 바로

현상길 지음

머리말

지금은 사회의 각 분야에서 일어나는 변화의 폭이 과거 그 어느 때보다 큰 시대이다. '불확실성의 시대'라는 말은 이제 현대사회의 특성을 지칭하는 대명사가 되었다. 그러다 보니 사람들은 보다 확실하고 안정적인 삶을 찾으려는 경향이 강해지고 있다.

최근의 '가상화폐' 투자 열기와 그에 따른 사회적 논란의 근저에는, 불확실한 시대를 사는 현대인들이 하루빨리 경제적인 이익을 확보하여 안정적인 삶을 누리려는 심리가 크게 작용한다고 볼 수 있다.

그러다 보니 가정이나 학교에서도 이러한 경향이 나타난다. 부모들은 누구나 자녀들의 안정적인 미래를 보장해 주기 위한 진로 선택을 바라며, 아이들도 그러한 부모들의 영향을 받아 어릴 때부터 자유로운 '꿈' 대신 현실적인 '직업'을 염두에 둔 힘겨운 공부에 몰입하고 있다.

하지만 아무리 변화가 심하고 미래가 불확실한 시대에 살고 있다 하더라도 인간의 삶의 본질은 변화하지 않음을 염두에 둘 필요가 있다. 삶을 영위하는 방법이나 내용은 달라지지만, 삶의 목적은 달라지지 않는다.

그러므로 가정과 학교, 사회에서는 아이들에게 '어떻게 살 것인가?'라는 수단으로서의 삶이 아니라, '무엇을 위해 살 것인가?'라는 목적으로서의 삶을 위한 배움이 일어나도록 한마음으로 지혜를 모아야 한다.

직장, 지위, 돈, 집 등은 삶의 목적이 아니라 수단이라는 것, 그런 것들은 다양한 가치를 지닌 구성원들이 하나의 공동체로서 어우러져 희망과 기쁨, 행복을 함께 나누며 살기 위해서 필요한 것임을 아이들이 체험을 통해 내면화할 수 있도록 배려해야 한다.

오랜 세월 학교에서 아이들과 함께 살아온 필자가 배움과 가르침의 여러 경험과 생각들을 독자들과 함께 나누고자 하는 뜻도 여기에 있다.

책의 발간을 위해 지원을 아끼지 않으신 주신 풀잎 출판사에 깊이 감사드린다.

무술년 입춘에

현 상 길

차 례

1부 / 시작하라, 지금 바로

2부 / 면역력을 기르자

3부 / 기행문

1부

시작하라, 지금 바로

좋은 부모는 '수다쟁이'

휴일 늦은 오후에 지하철을 타면 많은 아이들이 부모들과 함께 나들이를 마치고 집으로 돌아가는 모습을 종종 볼 수 있다. 자리에 앉아 있는 모습들이 조금 피곤해 보이기는 해도 부모들과 아이들의 표정에는 여유와 만족감이 묻어난다. 참 보기 좋은 풍경이다.

그런 모습들 가운데 가장 많이 눈에 띄는 것은 스마트폰을 들여다보는 아이들이다. 몸은 피곤해도 게임을 즐기는 아이들의 눈동자는 움직이는 영상에 완전히 고정되어 있다. 세상에는 오직 자신과 게임만이 있는 것처럼. 어떤 부모는 그런 아이들 곁에서 눈을 감고 있기도 하고, 또 어떤 부모는 자신도 스마트폰에 푹 빠져 있다.

아이들한테 그만 하라고 얘기하는 부모들도 있지만, 곧 포기하고 만다. 반응이 없기 때문이다. 영상 게임에 빠진 아이들에게는 다른 소리는 귀에 전혀 들리지 않는다. 게임하는 것 외의 뇌의 기능은 정지 상태나 마찬가지니까.

그런데 간혹 초등학교 저학년으로 보이는 자녀와 조곤조곤 웃으며 쉼 없이 무슨 얘기인가를 주고받는 아빠나 엄마들이 있다. 유심히 귀 기울이면 그들의 이야기들이 조각조각 들려온다. 나들이할 때 보았던 것들, 맛있게 먹은 음식들, 아이의 친구 얘기, 연예인 이야기, 학교 이야기 등 그냥 평범한 일상의 이야기들이 끝도 없이 이어진다. 참 아름다운 모습이다.

자기의 이야기를 잘 들어주고 대답도 해주는 엄마를 둔 저 아이는 얼마나 행복할까? 아이의 예쁜 마음을 이야기로 들여다보는 저 아빠는 또 얼마나 흐뭇할까?

늘 저렇게 부모와 이야기를 나누며 아이들이 자라날 수만 있다면 우리 사회가 오늘날 안고 있는 심각한 청소년 문제는 일어나지 않을 것이란 생각을 하며, 그 대화의 모습을 바라보는 나 또한 행복해지곤 한다.

아이들 교육에 관심이 많은 요즘 부모들은 그래서인지 '수다쟁이'가 되려는 노력을 많이 하며, 그와 관련한 심리상담도 많이 받는 추세라고 한다. 그런 현상은 매우 바람직하다고 볼 수 있다.

재미있고 입담 좋은 강의로 유명한 황창현 신부는 자기가 어릴 적에 엄청 말이 많은 아이였는데, 그걸 부모님이 귀찮아하지 않고 다 받아주어서 말을 잘하게 되었다고 한다. 그만큼 어릴 적의 언어 사용은 성장에 결정적 영향을 미친다고 할 수 있다.

학교에서도 질문을 잘하고 발표력이 우수하며 대인관계가 좋은 아이들에게 물어 보면 대부분 부모님과 어릴 때부터 대화를 많이 했다고 대답하는 경우가 많다.

그런데 우리 어른들이 아이들한테 많이 하는 말 가운데 하나는 '조용히 하라.'이다. 물론 공중장소에서 지켜야 할 예의는 꼭 가르쳐야 한다. 그러나 어릴 때부터 아이에게 '말하지 않고 조용히 하는 것'이 좋은 덕목이라고 세뇌하듯 심어주는 것은 심각한 문제가 있음을 많은 연구자들이 지적하고 있다.

어린아이는 이 세상과 사회에 대해 얼마나 궁금한 것이 많을 것인가? 그런 궁금증과 의문을 가진 아이가 부모에게 질문을 던졌는데, 계속 돌아오는 반응이 '조용히 해.' '시끄러워.'와 같은 면박이나 꾸중이라면, 그 아이는 정말 입을 닫아 버린다.

그리고 그렇게 자란 아이는 나중에 부모가 아무리 대회를 하자고 해도 하지 않는다. 사춘기라서 부모와 대화를 안 한다고 생각하는 부모들이 있지만, 전문가들은 그렇지 않다고 한다. 어린 시절 부모로부터 대화를 거부당한 아이들이 자라면서 부모를 거부한다는 것이다.

평소에 대화를 안 하던 부모가 갑자기 대화를 하자고 하면, 아이들은 의아스럽게 생각하거나 부모의 얘기를 들으나마나한 잔소리, 혹은 '사생활 캐묻기'라고 치부해 버리기 일쑤다.

그러므로 아이들이 말을 배울 때부터 이야기를 자연스럽게 주고받을 수 있는 관계가 형성되어야 한다. 아이들과 언제나 어디서나 이런저런 이야기를 자연스럽게 나누는 수다스러운 엄마, 말 많은 아빠가 좋은 부모다.

과감하게! '만루의 사나이'처럼

인생을 살다 보면 누구에게나 한 번쯤은 삶의 역전을 노려 볼 수 있는 좋은 기회가 찾아온다.

어떤 사람은 그 좋은 기회를 자기의 것으로 만들어 삶의 방향을 바꾸거나 성공의 길로 가기도 하지만, 또 어떤 사람은 그것을 허무하게 흘려버리거나 어떻게 대처할지 몰라 자기의 기회로 만들지 못하는 경우도 있다.

프로야구 경기에서도 위기와 기회는 매 경기마다 타자들한테 찾아온다. 자기한테 오는 기회를 잘 살려 안타나 홈런을 쳐서 팀에 승리를 안겨주는 선수가 있는가 하면, 타점을 올릴 좋은 기회를 아깝게 놓쳐 버리는 선수들도 많다.

우리나라 프로야구 타자들 가운데에 '만루의 사나이'로 불리는 선수가 있는데, 바로 타이거즈 팀의 강타자 이범호 선수다.

2000년에 프로야구 무대에 데뷔한 그는 2017년 시즌에 만루 홈런 1개를 추가함으로써 개인통산 16개의 만루 홈런을 기록하고 있다. 이 기록은 역대 KBO 리그 타자를 통틀어 1위인데, 2위인 심정수 선수(12개, 은퇴)를 4개차로 제치고 있다.

야구경기에서 만루 상황은 투수 쪽에서 보면 절체절명의 위기이지만, 타자한테 절호의 기회이다. 따라서 투수나 타자 모두 극도의 긴장감에 빠져들 수밖에 없다. 이러한 긴장감을 이겨내면서 이범호 선수가 프로야구 사상 가장 많은 만루 홈런을 쳐낸 비결은 무엇일까?

한 기자와의 인터뷰에서 그는,

"경험이 많아서 과거보다는 덜 하지만 여전히 만루에서 못 칠까봐 부담이 된다."

하고 솔직하게 자신의 속내를 드러냈다. 그리고 이범호 선수는 '투수의 유형을 살펴 초구에 칠지, 2구에 칠지를 결정'한 다음에,

"마음의 결정이 내려졌으면 망설이지 말고 무조건 과감하게 쳐야 한다. 타자보다는 투수가 더 부담스런 상황이다. 그것을 생각하면 타자는 더 과감해질 수 있다."

라고 만루 홈런의 비결을 밝혔다.

이범호 선수가 말한 비결은 지극히 당연한 말이다. 그러나 '마음의 결정', '과감성'이라는 두 가지 요소는 실천하기에 결코 쉽지 않다. 왜냐하면 그것은 정말 강한 정신력을 필요로 하기 때문이다.

이범호 선수는 그러한 두 가지 요소 중에서 아마도 '과감성'이라는 측면에서 다른 선수들보다 강한 정신력을 가지고 있기 때문에 최고의 만루 홈런 타자가 될 수 있었을 것이다. 그가 타석에서 배트를 휘두르는 모습을 보면 그 어떤 망설임도 없기 때문이다.

타석에 선 타자처럼 우리도 매 순간 선택을 요구받는다. 그래서 우리는 반드시 선택을 하지 않으면 안 된다한다.

'버스냐, 택시냐?', '짜장면이냐, 짬뽕이냐?' 등과 같은 사소한 일상의 선택에서부터, '집을 구입할 것인가, 말 것인가?', '투자를 할 것인가, 말 것인가?', '이 사람과 결혼을 할까, 말까?' 등과 같은 일생에 한두 번 올까말까 한 중요한 선택까지 우리는 반드시 중요한 마음의 결정을 해야 할 때가 있다. 어떻게 할 것인가?

물러설 수 없는 순간, 타석에 들어선 타자가 투수가 던지는 공의 유형을 파악하고 언제 칠 것인가 결정하듯이, 우리는 자신의 상황과 주변의 여건을 면밀히 파악하고 어떤 선택을 할 것인가 결정을 해야 한다.

결정을 내렸으면, 이제 치는 일만 남았다. 그렇다면, 망설이지 말자. 망설이는 순간, 기회의 공은 순식간에 지나가 버린다. 과감하게 쳐야만, 공이 배트에 정확히 맞아 홈런이 되든지, 혹은 파울

볼이 되든지 결과가 나타날 것이다. 그 다음, 그 결과에 대해 후회하지 말자. 또 새로운 기회가 찾아올 것이기 때문이다.

'만루의 사나이' 이범호 선수처럼, 내 앞으로 날아오는 기회의 공을 향해 갈고 닦았던 인생의 배트를 휘두르자! 망설임 없이, 과감하게!

연(鳶)과 드론(Drone), 자유를 향해

요즘 미래 산업으로 각광 받는 드론(Drone)은 무선전파로 조종할 수 있는 무인 항공기다. 카메라, 센서, 통신시스템 등이 탑재돼 있으며 25g부터 1200kg까지 무게와 크기도 다양하다고 한다.

원래 드론은 2000년대 초반 군사용으로 처음 생겨났지만, 최근엔 고공 촬영과 배달 등으로 확대됐다. 이뿐 아니다. 값싼 키덜트(Kidul) 제품으로 재탄생되어 개인도 부담 없이 드론을 구매하는 시대를 맞이했다. 농약을 살포하거나, 공기의 질을 측정하는 등 다방면에 활용되고 있는 추세다. 2018년 1월 18일 호주 시드니에서는 세계 최초로 드론을 이용해서 불과 70초 만에 물에 빠진 소년을 구해 냄으로써 사람들을 놀라게 했다.

학생들의 관심도 높아, 학교에서 이루어지는 자유학기제 주제 프로그램이나 동아리활동반의 드론 수업엔 많은 아이들이 몰린다. 연을 만들어 날리거나 학교 과학 시간에 모형항공기나 글라이더를 만들어 날리던 때가 엊그제 같은데 기술의 발전을 온몸으로 실감하는 요즘이다.

드론의 원조는 연(鳶)이 아닐까?

동양에서 연을 최초로 날린 나라는 중국이라고 전해지는데, 유안(劉安, BC 179~122)이 편찬한 「회남자(淮南子)」에 이런 기록이 있다.

'노반(魯般)과 묵자(墨子)의 솜씨가 교묘하여 나무를 깎아서 매를 만드니 사흘을 날아다니며 내려앉지 않았다고 말한다.'

또 「한비자(韓非子)」에는 '묵자가 직접 나무 연을 만들었다.'고 하니, 중국 연의 기원은 약 2,400년 전으로 추정할 수 있으며, 나무로 새 모양의 연을 만들었음을 알 수 있다.

우리나라의 연에 관한 가장 오래된 기록은 「삼국사기」의 '김유신 열전'에서 찾아볼 수 있다.

'647년 선덕여왕 재위 때 반란이 일어났는데, 한밤중에 큰 별 하나가 월성에 떨어졌다. 별똥별이 떨어진 사건으로 민심이 동요하자, 김유신(595~673)이 곧 허수아비를 만들어 불을 안겨 풍연(風鳶)에 실어 날리고, 별똥별이 도로 하늘로 올라갔다.'

연을 이용해 군인들의 사기를 드높여서 반란군을 패배시켰던 것이다.

세월이 흐르면서 세시풍속으로 전해진 연날리기는 정월대보름이

다가오면 성황을 이루었고, 대보름날에는 '送厄(송액)', '送厄迎福(송액영복)'과 같은 글자를 써서 연을 날림으로써 한 해의 액을 날리고 복을 빌곤 했다.

요즘은 강변의 유원지에 가면 연을 날리는 사람들도 가끔 볼 수 있고, 드론을 띄우는 동호인들도 만날 수 있다. 연을 날리든 드론을 띄우든 그런 사람들에게는 공통점이 있다.

그것은 자유에 대한 갈망이다.

유한적인 지상의 존재인 인간이 푸른 하늘을 향해 날리는 무한한 꿈의 비행인 것이다. 꿈꾸는 인간, 자유를 추구하는 인간은 연류 역사에서 얼마나 위대한 발자취를 남겨오고 있는가!

주말이나 휴일에는 부모들이 아이들과 함께 마음껏 자유의 꿈을 꾸며 연을 직접 만들어 함께 바람에 날려도 보고, 또 신나게 드론을 띄우면서 멋진 미래를 향해 함께 비상하여 보면 어떨까?

자유와 꿈이 있는 세상, 바로 우리의 희망이다.

'논술 왕'의 비밀

ㄱ고등학교에서 1학년 국어를 가르칠 때였다. 방과후 강좌로 '논술반'을 개설했는데, 20명의 수강자가 신청했다. 의외로 많이 신청한데다가 학생들의 성적이나 특성이 다양해서 어떻게 진행할까 고민이 되었다.

일단 신청 학생들의 수준이 어느 정도인지를 파악하기 위해 첫 시간에 논술 쓰기를 진행했다. 주제를 주고 90분 안에 500자 이상의 분량으로 쓰기를 시켰는데, 학생들은 첫 시간부터 쓰기를 하는 것에 대해 대부분 부담스러워하는 눈치였다.

학생들이 쓴 답안지를 하나하나 읽어 보았다. 고1이라 큰 기대는 안 했는데, 예상대로 쓸 만한 답안지는 거의 없었다. 논술 쓰기의 기본인 규정 글자 수를 채우지 못한 학생들이 대다수였고, 남학생들이라 그런지 글씨도 엉망인데다 맞춤법이 틀린 것은 부지기수였다. 또한 주제를 제대로 파악하지 못하여 엉뚱한 논리를 펴거나 논거가 빈약하고, 논증의 방식도 대부분 타당성이 결여되어 있었다.

그 중에 A군의 답안지가 눈에 띄었는데, 다른 학생들과 달리 유일하게 글자 수가 1,000자를 훨씬 넘었다. 그런데 많이 쓰기는 했으나 글씨가 제멋대로였고, 어휘력은 풍부하였으나 문장 쓰기의 기본이 부족했으며, 주제문과 논거는 따로 놀고 있었다. 글쓰기를 제대로 배워 본 일이 거의 없는 학생이었다.

둘째 시간에는 논술 쓰기의 기본에 대해 강의했고, 개별 첨삭 지도를 통하여 각자의 글에 어떤 문제가 있는지, 앞으로 어떤 점을 고쳐 나가야 하는지를 이야기해 주었다.

개별 지도하던 중 나는 A군에 대해 알게 되었다. 성적이 학급에서 중위권인 그는 주로 할아버지 슬하에서 컸는데, 어렸을 때부터 할아버지와 함께 책을 읽는 것을 무척 좋아했다고 했다. 지금도 컴퓨터 게임은 거들떠보지 않고, 학원도 다니지 않으며, 집에서 책 읽는 일에 대부분의 시간을 보낸다고 했다. 읽은 책의 종류도 매우 다양하여 역사와 문학, 시사 분야나 상식, 스포츠 등에 대한 지식이 풍부하였다. 나는 A군에게 글쓰기의 기본에 대해 특별히 강조하였는데, 지켜 볼만한 학생이었다.

이후 논술반 운영은 홀수 날에는 쓰기, 짝수 날에는 강의와 개별 첨삭 지도로 이어나갔다. 그렇게 하여 학생들은 총 20시간 동안 10회의 실전 쓰기 시간을 가질 수 있게 되었는데, 횟수가 진행될수록 쓰기의 분량을 늘려 나중에는 2,000자 이상으로 하였다.

학생들은 점점 글씨가 바르게 되고, 맞춤법도 좋아졌으며, 논술문으로서의 글의 체계도 제법 잘 갖춰 나갔다. 개별 첨삭 지도의 효과가 컸다.

그런데 A군의 글쓰기 발전은 매우 인상적이었다. 두세 시간 지나면서부터 글씨를 바르게 쓰고 문맥의 연결이 자연스러워지기 시작하더니, 5~6회 쓰기 때부터는 다른 학생들의 수준을 추월하며 놀라운 발전 속도를 보여주었다. A군의 답안지를 모범 답안으로 보여주어도 손색이 없을 정도가 되었다.

마지막 논술 쓰기 시간에는 모든 학생들에게 Y대학의 기출 논술 문제지를 그대로 가져다가 쓰게 하였다. 고1 학생들에게는 버거울 것이라는 생각도 하였지만, 논술반 운영의 결과가 어떻게 나타날 것인지가 궁금했다.

학생들의 답안지를 읽어 본 결과, 30퍼센트 정도의 학생들은 출제 의도를 제대로 파악하지 못했으며, 40퍼센트 정도는 출제 의도는 파악했으나 논거와 논증에서 미흡한 점이 많았다. 30퍼센트 정도의 답안은 비교적 우수했는데, 처음 시작할 때와 비교해서 많은 학생들의 실력 향상이 두드러져서 나는 매우 만족했다.

그 중에서 나를 놀라게 한 것은 바로 A군의 답안이었다. 그의 답안은 당장 대입 논술시험을 봐도 손색이 없을 만큼 탁월했다. 문장 구사력이 세련될 뿐 아니라, 풍부한 지식을 바탕으로 한 논거와 그에 의한 결론 도출 과정도 매우 탄탄하였다.

마지막 강의 시간에 나는 A군의 답안을 모든 학생들에게 보여주었고, 다른 학생들도 그의 실력에 탄복하였다. 학생들은 A군을 '논술왕'이라 불렀다.

나는 학생들에게 '논술왕'의 비밀은 바로 독서에 있음을 말하고, 공부와 인생에서의 독서의 힘을 다시 한 번 강조하였다.

논술반 과정이 끝난 후에도 나는 A군의 성장에 관심을 가졌다. A군은 어릴 때부터 지적·정서적으로 내면화된 독서의 힘을 바탕으로 점점 학과 성적이 향상되었으며, 학급 중위권에 머물던 그의 성적은 고3이 되면서부터는 전교 최상위권까지 치고 올라갔다. 그리고 졸업할 때에는 서울의 명문대학에 진학하였다.

A군의 경우처럼 어릴 때 형성된 독서 능력은 학년이 높아질수록 큰 힘을 발휘한다. 비단 성적 향상뿐만이 아니라 인간과 사회를

보는 안목이 길러지고, 균형 잡힌 가치관이 형성되며, 사고력과 문제 해결력 향상 등에 매우 중요한 역할을 한다.

어떤 학생들은 고등학교에 와서야 언어 능력을 높이고 성적을 올리려고 이것저것 요점만 뽑아 읽는 발췌 독서를 하는데, 그것은 진정한 독서가 아니다. 특별한 경우 빤짝 효과는 있을지언정, 그것은 그때뿐이다. 늦었더라도 제대로 된 독서를 하는 것이 바람직하다.

독서에는 왕도가 없다. 문제는 다양한 독서를 하는 습관의 형성이다. 그러므로 어릴 때부터 독서 습관을 길러주기 위한 부모의 역할이 매우 중요하다. 유아 때부터 무심코 컴퓨터나 스마트폰과 같은 기기에 과다하게 노출되기 시작하여 뇌 운동이 그러한 기기에 고착되어 버리면 이미 늦는다.

아이들과 함께 독서를 하는 부모의 지혜가 무엇보다 필요한 이유이다.

'원숭이', 명문 법대를 가다

평소 대인관계가 부족하거나 능력이 부족해 보이던 사람이 어떤 책임 있는 지위에 오르는 경우가 있다. 그런데 예상과 달리 그 사람이 자신의 지위에 합당한 생각과 행동을 하며 잠재되어 있던 능력과 리더십을 발휘하고 좋은 인간관계를 갖게 되면, 사람들은 '자리가 사람을 만든다.'고 말을 한다.

이 말을 들을 때면 생각나는 학생이 있다.

ㄷ고등학교 학생지도부에 근무할 때였는데, 12월이 되자 차기 학생회 정부회장 선거 준비로 부서 교사들이 바쁘게 움직였다. 직선제로 치르는 선거에 여러 학생들이 정부회장 후보로 등록 마감을 한 후 교내 이곳저곳에 선거벽보가 나붙기 시작하자, 학생들의 선거 열기도 차츰 달아올랐다.

그런데 입후보 학생들의 선거벽보 중 교사들과 학생들의 시선을 끄는 것이 있었다. 모든 입후보자들이 공약들과 함께 자신의 상반신 사진을 크게 붙여 놓았는데, 부회장에 입후보한 2학년 한 남학생의 선거벽보만은 그렇지 않았다.

'저는 이원숭입니다.'

이런 문구 밑에는 학생의 사진이 아니라 매직펜으로 조금은 조악하게 그린 원숭이 한 마리가 웃고 있었다. 그걸 본 대부분의 학생들은 킥킥거리며 지나갔다.

교사들은 그 학생의 정체에 대해 관심을 보였다. 알고 보니 이름이 '원숭이'와 비슷하고 얼굴이 별로 잘 생기지 못해 사진을 안 붙이고 그런 그림을 그렸다는 것이었다. 그 학생의 담임교사는 성적이 중위권인데 좀 명랑하긴 해도 통솔력이 부족하고 말도 잘 못하는 학생이라서 재미로 출마한 것일 뿐 좋은 결과는 기대하지 않는다고 했다. 대부분의 교사들도 그 생각에 동의했다.

그러나 결과는 예상을 빗나갔다.

선거 유세할 때 '저는 원숭입니다!'는 구호를 외치며, 원숭이처럼 재빠르고 영리하게 학생들을 위해 일하겠다는 공약을 내걸고 자기 이름과 원숭이를 결합한 인지도 높이기 전략을 구사한 그 학생은, 특히 1학년 학생들의 압도적인 지지를 받으며 당당히 학생회 부회장으로 당선되었다. 그것은 그 해의 일대 사건으로 기록되었다.

겨울방학이 시작된 무렵, 그 부회장이 완전히 달라졌다는 소문이 선생님들 사이에 떠돌았다. 자율학습실에 그 학생이 가장 먼저 와서 난로에 불을 피우고, 밤늦게까지 남아 공부하다가 제일 나중에 난로의 불을 끄고 간다는 것이었다. 전에는 거의 자율학습실에 모습을 나타내지 않던 학생이었다.

그리하여 '원숭이' 부회장은 모두가 공인하는 자율학습실의 책임관리자가 되었다. 방학 때에도 하루도 빠짐없이 가장 먼저 와서 문을 열었고, 늘 자기가 앞장서서 청소를 했고, 가장 늦게 남아 있다가 불을 끄고 재를 치우고 자율학습실의 문을 닫았다.

새 학년도가 시작된 3월 중순, 고3 첫 모의고사에서 '원숭이' 부회장의 성적이 부쩍 올랐다는 소식이 전해졌다. 그리고 그는 학생회 활동도 열심히 했으며, 교사들에게 인사도 잘하고 교복도 단정하게 차려입고 다녔는데, 2학년 때와는 완전히 달라진 모습이라고들 했다. 2학년 때의 담임교사가 그 학생이 '좀 이상해졌다.'고 농담할 정도였다.

2학기가 되자, 그의 성적은 가파르게 상승하였다. 2학년 말에 학급 성적이 중간쯤이었던 그는 9월 고3 모의고사에서 전교 100위 이내로 진입하여 교내 게시판 성적 우수자 명단에 이름을 올리더니, 10월에는 급기야 30위권을 돌파하였다. 온 학교가 그의 놀라운 질주에 놀라움을 금치 못하였다.

그리고 11월, 대입 학력고사일이 다가왔다. 선생님과 학생들 모두 그가 어떤 성적표를 받을지 궁금해 하였고, 한편으로는 기대하였다.

학력고사 성적이 발표되던 날, 마침내 '원숭이' 부회장은 서울의 명문 사립대 입학이 가능한 성적표를 받아냄으로써 일약 스타덤에 올랐다. 1년 전까지만 해도 수도권 근처에도 못 들어올 성적에 머물던 그였다.

그의 담임교사는 학생회 부회장이라는 '자리'가 그 학생을 채찍질했고 공부하게 만들었을 것이라고 했다. 그 진단은 일리가 있었다.

그는 부회장으로서의 큰 책임감 속에서 자신을 향한 사람들의 의구심을 이겨내며 스스로를 담금질하였던 것이다. 학교의 모든 구성원은 '원숭이' 부회장의 인간 승리를 축하하고 기뻐하였다. 그러나 그 해에 그는 불의의 사고로 대학에 진학하지 못했다.

그리고 나는 그 학교를 떠났다. 몇 년 후, '원숭이' 부회장이 건강상의 이유로 세 번의 도전 끝에 마침내 본인이 꿈꾸던 명문 사립대 법학과에 진학했다는 반가운 소식을 접할 수 있었다.

누구나 뜻밖의 행운을 만날 수 있고, 우연치 않게 예상치 못한 자리에 오를 수도 있다. 하지만 누구나 행운을 자신의 행복으로 만들거나 그 자리의 당당한 주인이 되어 사람들의 찬사를 받는 것은 아니다.

오히려 판단을 잘못하거나 오만하게 처신함으로써 행운을 불행으로 바꾸어 버리거나, 자리의 가치를 훼손시키는 일도 적지 않다.

그러므로 자리의 높이나 크기가 중요한 것이 아니라, 맡겨진 자리의 가치를 바르게 유지하기 위해, 또한 그에 합당한 책임을 다하기 위해 부단히 노력하는 일이 더 중요한 것이다.

지금은 40대 초반쯤 되었을 '원숭이' 부회장이 어느 곳에 있는지, 어떤 자리에 있을지 궁금하다. 아마 어느 곳에 어떤 자리에 있더라도 그는 여전히 가장 먼저 문을 열고, 가장 나중에 문을 닫는 사람이 되어 있지 않을까?

교지(校誌) 발간, 책의 탄생을 배우다

요즘은 교지(校誌)를 만드는 학교들이 많지 않다. 역사가 오래된 고등학교에서는 계속해서 교지를 발간해하고 있는데, 중학교의 경우는 거의 찾아보기 힘들다.

예전에는 학교마다 한 해의 중요한 일들을 기록하고, 교사와 학생들의 추억과 작품을 담아내는 교지 발간이 활발했던 시절이 있었다. 1990년대 후반 한 일간지가 주최한 전국 교지 콘테스트에는 1,500개가 넘는 학교에서 교지나 학교의 문집 등을 응모하기도 했는데, 2015년 한 대학에서 개최한 교지 콘테스트에는 전국에서 150개의 고등학교가 응모한 정도다.

중학교 3학년 때 문예반이었던 나는 생애 처음 교지 편집을 경험하였다. 모교인 상인천중학교는 인천고등학교의 병설이어서 '미추홀'이라는 제호의 통합 교지만 있었고, 중학교 교지는 없었다. 그런데 그 해에 중학교의 독립 교지 창간호가 만들어지게 된 것이다.

그때 지도교사인 이공세 선생님은 편집위원들이 교지 편집과 발간의 전 과정에 참여하여 배울 수 있도록 하셨다.

교지 편집 계획 세우기, 원고 청탁하기, 원고 정리하기, 사진이나 컷, 그림 등과 같은 여러 가지 자료 수집하기, 가편집하기 등 편집의 모든 과정은 매우 어려운 작업이었다. 더구나 처음 해 보는 일이라 서툴었고 실수도 많았다.

특히 모든 원고를 일일이 200자 원고지에 옮겨 쓰는 일은 참으로 고되었다. 졸음을 참아가며 밤늦게까지 학교에 남아 원고 정리하던 기억이 새롭다.

외부 원고 청탁을 위해 여학교를 방문한 일이 있었다. 난생 처음 수많은 여학생들의 눈총을 가슴 떨리도록 한 몸에 받으며 매끄러운 복도바닥을 정신없이 걸어 교무실을 찾아갔던 일은 지금도 잊지 못할 추억으로 남아 있다.

우리의 일은 편집으로 끝나지 않았다. 우리는 교지의 인쇄, 교정, 제본의 모든 과정에도 참여했다.

그때의 인쇄소는 사장을 비롯하여 두세 명의 직원이 운영하던 자그마한 작업장이었다. 그 인쇄소 안의 풍경은 흑백사진처럼 내 기억에 남아 있다. 벽의 선반에 다닥다닥 붙어 선택을 기다리던 수많은 활자들, 검은 윤전기가 돌아가며 '차그락 차그락' 하며 내던 소리,

뇌를 자극하는 진한 잉크 냄새 등.

원고지의 글자들이 활자로 뽑혀 조판이 되고, 조판이 완료된 한 쪽, 한 쪽이 윤전기에 들어가 종이에 찍혀 나오는 일련의 과정은 신기하고도 재미있었다. 나는 인쇄소의 잉크 냄새가 참 특이하면서도 싫지 않았다. 정감이 있었다.

그때는 겨울방학이었지만, 우리는 거의 매일 인쇄소에 나가 몇 차례의 교정 작업에 몰두하였다. 이공세 선생님은 우리들에게 가끔 점심을 사 주셨는데, 내 혀는 그때 생전 처음 짜장면의 맛을 경험하게 된다. 강하게 식욕을 자극하는 냄새의 걸쭉한 검은 액체에 비벼 먹는 면의 맛은 바로 천국의 그것이었다. 짜장면의 맛과 잉크 냄새로 인하여 그해 나의 겨울은 행복했다.

교정이 끝나고 모든 원고가 종이에 찍혀 나왔다. 그것이 끝이 아니고, 마지막 제본의 과정이 남아 있었다. 시간이 촉박한 사장님은 우리들에게도 도움을 청하였고, 편집위원들은 모두 사장님의 집에 모여 손으로 직접 제본 작업을 하였다.

전지를 접어 페이지를 맞추고, 표지를 갖추어 풀로 붙이는 일까지 끝난 후, 가장 마지막으로 직원이 우툴두툴한 책의 가장자리를 깔끔하게 절단하자, 마침내 교지 창간호가 탄생하였다.

우리는 감격했다. 교지의 후반부에는 나의 첫 단편소설 '봄이 오는 소리'가 실려 있어 나의 기쁨은 몇 배나 더했다. 마치 옥동자라도 낳은 산모처럼 나는 그 교지를 애지중지했다. 지금도 나의 서가에는 빛바랜 내 생애 첫 교지 '상인천'이 있다.

그 후 고등학교에 가서도 나는 계속 교지 편집과 발간에 참여하였고, 대학에서도 교지 발간은 나의 일이 되었으며, 교사가 되어서도 여러 번 교지를 만들었다.

2009년에는 교감으로 부임해 간 마포구 ㅅ중학교의 교지 창간호 발간을 도왔다. 담당교사가 교지 발간 경험이 없어, 편집위원 구성과 편집 등 일련의 과정에 참여하며 조언하였다. 담당선생님과 편집위원 학생들이 교지 창간호를 보고 기뻐하던 모습이 지금도 눈에 선하다.

전근 간 후 그 학교의 교지가 발간되지 않게 되었다는 소식을 들었는데, 무척 서운했다.

학교마다 매년 교지를 만들었으면 좋겠다.

교지는 학교의 역사를 일 년 단위로 기록하는 역사책이고, 교육공동체의 생각과 정서의 집합체이며, 지역사회 문화의 거울이기도 하다. 시대가 흐르면 교지는 학교를 넘어 지역사회, 나아가 한 나라의 역사와 문화의 소중한 저장고로서의 가치를 갖는다.

그런 의미에서 인천문화재단 한국근대문학관이 2016년 9월 13일 개최한 특별전시 '학창 시절의 추억-인천의 고교 교지(校誌) 특별전'은 매우 뜻깊은 기획전이었다고 할 수 있다. 개교 30년 이상 된 고등학교 교지 총 36개를 조사, 수집, 전시함으로써 교지 속에 담긴 시대상과 교육의 변화상, 그리고 학생들의 생활모습 등을 되돌아보고 배울 수 있는 좋은 장을 마련하였기 때문이다.

디지털 미디어 시대에도 여전히 책은 인류 문화의 최고봉이며 없어지지 않을 문화의 빛이다. 성장 시절에 책의 탄생을 경험하고, 자신만의 생각과 느낌을 글로 써서 세상에 드러내는 일은 얼마나 경이로운 것인가!

동물은 질문하지 않는다

2015년부터 서울시교육청은 '질문이 있는 교실'을 교육지표의 하나로 내세웠다.

이 지표를 처음 대했을 때 두 가지 생각이 들었다. 하나는 '학생들이 얼마나 질문을 안 하면, 이런 지표까지 생겼나?'이고, 또 하나는 '질문은 모든 배움과 가르침의 기본인데 목표 지향적 교육지표로서의 가치가 있는가?'였다.

그런 생각을 가진 후부터 선생님들의 수업을 참관할 때 나는 수업 과정에서 이루어지는 질문에 대하여 유심히 살펴보았다.

모든 수업에는 질문과 대답이 있었다. 그런데 대부분의 수업에서 질문은 교사의 몫이었고, 학생은 대답하는 역할이었다. 때로는 학생의 답하는 순간을 기다리지 못하고 교사 스스로 묻고 답하는 경우도 많았다.

"○○이 무엇이죠? (2초 후) 그래요, □□라고 하죠."

이런 식이다.

나중에 협의회 때 이유를 물으면, 대부분 교과서 진도 때문이라고 한다. 교사의 성격 탓이 아니라, 가르칠 것이 너무 많아서 학생의 대답을 기다려 줄 있는 시간도 없는, 그런 수업이 이루어지는 것이다. 하긴 나도 교사 시절에 그런 수업을 수도 없이 했었다.

그렇다면 이제는 가르치는 양이나 내용도 '다이어트' 해야 할 필요가 있다. 여유 있게 수업을 하며, 학생들이 질문에 대해 충분히 생각할 수 있는 시간을 주어야 한다. 성장은 기다림이 아닌가.

드문 경우 학생이 질문을 할 때도 있다. 그런데 그때 다른 아이들의 반응이 흥미롭다. 시선이 모두 그 아이를 향한다. 왜 질문을 하느냐는 표정이다. 질문을 한 아이는 괜히 쑥스러워 한다.

그러니까 수업시간에 이루어지는 대부분의 질문은 형식적 과정일 때가 많음을 알 수 있다. '수업 내용을 알고 있는가, 교사의 말을 이해하는가.'를 확인하는 수단에 불과할 뿐, 학생이 수업 내용에 대해 갖게 된 의문을 스스로 묻는 탐구의 질문, 본질적인 질문은 아닌 것이다.

그러므로 '질문이 있는 교실'이라는 교육지표는 '세상에 대해 의문을 갖지 않고, 스스로 문제의식을 찾지 못하는 인간'을 기르는 우리나라 현재 교육에 대한 반성을 촉구하고 있다고 볼 수 있다.

19세기 영국의 소설가 조지 엘리엇(George Eliot)은 이런 말을 남겼다.

'동물만큼 좋은 친구는 없다. 그들은 질문은 물론 비판도 하지 않는다.'

이 말에는 부도덕하고 비이성적인 질문이나 비판으로 다른 사람의 인격을 모독하는 '동물보다 못한' 인간에 대한 비판의식이 들어 있다.

그러므로 이 말은 '질문도 비판도 하지 않는 인간은 동물과 같다.'라는 명제로 환원된다. 노예는 주인의 명에 따를 뿐이며, 신민(臣民)은 군주국을 비판하지 않는다. 결국 그들은 동물과 다름이 없는 것이다.

전통적으로 우리 어른들은 '조용한 아이들', '얌전한 아이들'을 좋아하는 면이 많다. 남자는 '입이 무거워야한다'고 주입시킨다. 그러나 어릴 때부터 그런 교육을 받은 아이들은 자라면서 혀가 굳는다. 감정의 강은 메마른다. 그저 만들어진 것을 먹고, 시키는 일에 충실하며, 미래를 담보로 기성의 가치와 틀 속에 자신을 맞추는 공부만 열심히 한다.

그러니 학교에서건 직장에서건 의문을 품고도 질문하지 못하고,

잘못이라 느껴도 선뜻 비판하지 못한다. 질문하고 비판하는 사람을 오히려 이상하게 취급한다. 동물과 무엇이 다른가? 그런 젊은이들이 많은 사회를 바람직하다 할 수 없을 것이다. 그런 사회는 필연적으로 정체되고, 발전은 꿈꿀 수 없다. 고인 물은 반드시 썩는 것이다.

그러므로 이제는 우리의 아이들에게 마음껏 질문하게 하고, 스스로, 또 함께 답을 찾아 나가게 하는 교육이 이루어질 수 있도록 교육제도 전반의 시스템을 바꾸어 나가야 할 것이다.

학교의 수업만으로는 안 된다. 가정에서, 직장에서, 일상 어디에서건 창조적 질문이 살아나고 합리적 비판이 숨 쉬는 건강하고 생동감 넘치는 사회로 거듭나야 한다.

질문하지 않는 동물로야 살 수 없지 않은가?

암기식 학습법이 주범인가?

중학교에 입학할 때 나는 영어의 알파벳도 몰랐다. 그러니 1학년 내내 영어 시험 점수는 20~30점으로 바닥을 헤매었다. 정말 영어가 싫었다. '왜 남의 나라 말을 배워야 하는가?' 하며 영어의 존재를 저주하였다. 선생님이나 아이들 중 그 누구도 어떻게 공부해야 하는지 알려주지도 않았고, 물어보지도 못했다.

2학년 3월 초였다. 얼굴이 거무튀튀하고 농부처럼 생기신 영어 선생님이 들어오셨는데, 성격은 털털하게 좋아 보였지만 입술이 두터워서인지 모르지만 영어 발음이 이상하게 들렸다.

첫 영어 시간에 이런저런 얘기를 하시던 선생님이 지나가는 말투로 이렇게 말하는 것이었다.

"영어를 잘하고 싶으면, 외워라."

스쳐가는 말이었지만 이상하게도 하루 종일 그 말은 내 귓속을 맴돌았다.

그날 밤 집에서 나는 평소에 그렇게 쳐다보기 싫어하던 영어 교과서를 꺼내 보았다. 초록색 표지의 '유니온 잉글리시(Union English)'. 학교에서 들었던 선생님의 말이 생각났다. 그러나 몇 번을 다시 생각해도 알 길이 없었다.

'무얼 어떻게 외우라는 것인가?'

그러다가 나는 문득 제1과 본문 첫 줄을 더듬더듬 읽기 시작했다. 마치 한글을 갓 익힌 어린아이가 동화책 읽듯이. 발음을 모르는 단어는 사전을 찾아 발음기호를 한글 소리 나는 대로 책에다 적어 놓으며 읽었다.

첫 문장을 열 번 쯤 읽고, 다시 다음 문장도 열 번쯤 읽고, 그렇게 반복하며 문장을 읽고, 문단을 읽고 본문 전체를 읽어 나갔다. 매일 그런 읽기를 반복했다. 학교에선 누가 볼까 봐 운동장 구석에서 읽었다.

그러던 어느 날부터인가 이상한 일이 생겼다. 매일 계속해서 무작정 읽다 보니 책을 안 보고도 한 문장이 외워지고, 다시 두 문장이, 그리고 한 문단이, 또 두 문단이 외워지는 것이었다.

그렇게 며칠이 지나자, 어느덧 나도 모르게 제1과 본문을 다 외우고 있었다. 나는 이어서 제2과도 외우기 시작했다. 등굣길에도, 학교에서도, 하굣길 버스 안에서도 나의 영어교과서 본문 외우기는 계속되었다.

두 달쯤 지났을 때 나는 영어 교과서 본문의 절반 가까이를 외우게 되었다. 그러나 그것이 어떤 의미인지는 몰랐다.

어느 날 영어 수업 시간에 내가 읽을 차례가 돌아왔다. 나는 떨리는 마음으로 교과서의 본문을 읽어 내려갔다. 그 본문은 내가 이미 다 외우고 있었던 부분이었기 때문에, 매우 빨리 막힘이 없이 읽을 수 있었다.

그런데 어느 순간 선생님이 갑자기,

"그만!"

하고 소리치셨다. 나는 '아, 잘못 읽었나 보다. 큰일 났다.'고 생각하며 매 맞을 각오를 하였다. 헌데 선생님은 뜻밖의 질문을 했다.

"야, 너 학원 다녀? 아니면 과외 하냐?"

나는 '아니요.'라고 조그맣게 대답했는데 뜻밖에 선생님은,

"그래? 잘 읽는데. 발음도 좋고. 계속 읽어라!"

라고 칭찬을 하시는 것이었다. 갑자기 내 얼굴이 달아올랐다. 중학교에서 처음 들은 칭찬이었다. 아이들은 모두 '와' 하였다. 나는 떨면서 나머지를 다 읽었고, 그날은 하루 종일 구름 위에 있는 듯한 상태에서 지냈다.

그리고 또 이상한 일이 생겼다. 그 일은 중간고사 때 나타났는데, 영어 시험지를 받아든 나는 눈을 의심하였다. 그건 마치 대학생이 초등학교 시험지를 받아본 느낌이라고나 할까?

시험지에 인쇄되어 있는 영어 단어나 문장을 보면, 그 단어나 문장이 있는 영어 교과서의 페이지가 그대로 눈앞에 나타나는 것이었다. 마치 촬영한 영상이나 이미지를 다시 돌려보는 것처럼.

시험 결과는 놀랍게도 99점. 1점짜리 악센트 문제 하나를 착각하여 틀렸을 뿐, 20~30점을 헤매던 나는 일약 영어 성적 최상위 클래스에 올랐다.

이 경험으로 나는 외국어 공부에 암기와 반복만큼 좋은 학습 방법이 없다는 것을 스스로 알았다. 고등학교 때는 프랑스어 공부를 안 하다가 마음먹은 다음에는 프랑스어 교과서 한 권을 통째로 외워 버리기도 했다.

그 외에도 국어의 명문장이나 시조, 현대시 공부, 또는 과학의 복잡한 구조 학습 등에서 나의 암기식 공부는 전 과목에서 능력을 발휘했다.

암기는 창작 능력도 향상시켰다. 영어 문장을 많이 외우고 있다 보니, 영어 일기 쓰기나 외국인과의 영어 펜팔도 큰 어려움 없이 할 수 있었다. 글쓰기 능력도 향상되어 고교 1학년 때는 단편소설을 써서 월간지에 응모, 당선되기도 했다.

암기를 통해 나의 뇌 속에는 수많은 데이터가 축적되었고, 그것이 특정한 프로그램을 만나 새로운 형태의 창작물로 발전되어 나가는 경험을 한 것이었다.

암기식 교육은 매우 나쁜 교육이라는 편견을 많은 사람들이 가지고 있다. 특히 우리나라 교육을 비판할 때 암기식 교육은 동네북이나 마찬가지다. 창의력과 문제해결력을 망치는 주범이 암기식 교육에서 비롯되었다고도 한다.

또 어떤 사람은 대입수학능력시험 제도를 비판할 때도 암기식 교육의 탈피를 위해서라고 주장하기도 한다. 그러나 수능시험의 탄생은 그렇지 않았다. 학력고사 시대를 끝내고 1994년 대학입시를 수학능력시험으로 바꾸어 도입한 배경에는 창의성 향상이 그 주된 목적으로 자리하고 있었다.

기존의 학력고사가 암기 위주의 주입식 교육이었기 때문에 수학능력시험을 도입함으로써 독서를 활성화하고 창의성을 바탕으로 한 문제해결력을 높일 수 있다는 게 교육전문가들의 확고한 주장이었다. 그런데 지금은 수능시험이 주입식·암기식 교육의 주범처럼 되어 버렸으니 어찌된 일일까?

컴퓨터와 인터넷을 기반으로 한 21세기 지식 정보화 사회에 들어와서는 하루가 멀다 하고 새로운 학습법이 쏟아져 나오고 있다. 또한 '4차 산업혁명의 도래'와 '인공지능 시대' 등에 대처하기 위한 교육혁신의 필요성이 여기저기에서 제기되고 있는 것이 현실이다. 이러한 현실에서 암기식 학습을 이야기하는 것은 한편 어리석어 보일 수도 있다.

하지만, 생각해 보라.

자기가 좋아하는 노래도 끝까지 외워서 부르지 못하고, 명문장이나 명시 한 구절 낭송하지 못하며, 인구에 회자하는 위인들의 명문장 하나 입에 올리지 못하며, 아는 사람의 전화번호도 몇 개 기억하지 못하고, '내비게이션(navigation)'이 있어야만 자동차를 끌고 목적지를 찾아가는 이 시대의 자화상을 우리는 어떻게 바라보아야 할 것인가?

먹거리만 '친환경'이나 '슬로우 푸드'를 찾을 것이 아니다. 갈수록 굳어가는 우리 인간의 두뇌를 기계로부터 멀리할 수 있는 '암기 프로젝트'를 가정에서, 학교에서 실행해야 하지 않을까? 기계의 노예가 되기 전에.

이러다 언젠가는 로봇이 인간을 향해 하등동물이라고 비웃을 날이 올지도 모른다.

책 속의 길, 발견하는 자의 몫이다

물질주의, 상업주의에 매몰된 현대사회에 대한 반작용 때문인지 요즘은 인문학에 대한 담론이 많아졌다. 그래서 고전 읽기, 고전 알기, 고전에서 배우기 등을 주제로 한 강의가 유행하고, 사람들도 많은 관심을 보이고 있다. 사람들은 위기의 시대가 오면, 고전에서 지혜를 배우려는 경향이 있는 것 같다. 르네상스 시대도 그러했으니까.

내가 중학생이던 1970년대 초에 고전 읽기 운동이 국가사업으로 진행된 일이 있었다. 교육당국은 학교마다 의무적으로 '자유교양반'이라는 독서 동아리를 만들게 하여 학생들에게 고전 읽기를 시키도록 했다.

그리고 전국적인 규모의 '자유교양대회'를 열어 고전을 내용으로 한 지필시험을 치르고 우수한 학교는 단체 시상을 하였다. 내가 다닌 중학교도 그때 단체상을 수상한 적이 있었다.

그런데 돌이켜보면, 그 시절의 고전 읽기는 거의 '폭력' 수준이었다. 중학생들의 수준에 맞지 않는 '사서삼경', '신약성경' 등과 같은 동서양의 위대한 저작물들을 강제로 읽게 하고 그 내용을 지필시험으로 치르게 했으니 말이다.

나는 문예반이라서 의무적으로 자유교양반에 들어가야 했고, 그런 책들을 펴 놓고는 뜻은 전혀 알지도 못하면서 그냥 문자들만을 눈 속에 집어넣기를 반복했다. 참으로 고통스러운 독서 시간이었다.

그런 영향으로 고등학교에 올라가서 한동안 나는 책 읽기를 기피하였고, 집 형편을 핑계로 교과 공부도 하지 않아 성적은 하위권을 맴돌았다. 인생과 세상을 비관적으로 바라보며, 멍하니 망상에 빠져 지냈다.

그러다가 1학년 2학기 어느 날부터 친구 따라 학교 도서관을 드나들기 시작했는데, 두꺼운 책이 싫어 그냥 월간지나 신문 등을 뒤적거리다 오기만 했다.

가을이 익어가던 어느 날, 무심코 서가에 꽂혀 있는 책들을 살펴보고 있었는데, 유난히 눈에 띄는 짙은 남색 표지의 책 하나가 있었다. 그것은 '베토벤 전기'였다. '귀머거리가 작곡가라니……어떻게?' 하는 생각을 하며 나는 호기심에 그 책을 대출받았다.

밤에 집에서 펼쳐 본 '베토벤 전기'는 다른 전기와는 시작이 달랐다. 보통은 위인의 출생이나 어린 시절 이야기가 나오기 마련인데, 로망 롤랑이 쓴 그 책의 첫 장은 '하인리겐슈타트의 유서'로 시작되고 있었다.

30대의 젊은 날 귓병을 앓기 시작한 위대한 음악가의 유서를 읽으면서 나는 베토벤의 생애에 완전히 몰입하였고, 그날 밤을 새우다시피 하여 그 책을 다 읽어 냈다. 그런 독서의 경험은 처음이었다.

완전히 귀가 먼 베토벤이 '합창교향곡' 초연이 끝난 후 우레와 같은 관객의 박수 소리를 듣지 못하자, 친구가 그를 돌려세워 박수 치는 모습을 보게 해주는 위인전의 끝 장면에 이르러서는 코끝이 찡해졌다.

여명이 창문을 물들일 무렵, 나는 책의 마지막 페이지를 덮고 생각에 잠겼다. 깊은 감동이 가슴 저편에서 밀려왔다.

다음날부터 나의 생활은 달라졌다.

자신에 대해 성찰하였으며, 나약함과 비관을 버리고 기초부터 새롭게 미래를 위한 공부를 시작했다. 장애를 이기고 인류사에 영원히 남을 위대한 불멸의 음악을 창작한 베토벤은 나의 나약함을 꾸짖는 스승이 되었다.

그 한 권의 위인전 속에 나의 길이 있었고, 나는 운명처럼 그 길을 발견했던 것이다.

어떤 사람은 위대한 고전 작품을 읽어도 길이 보이지 않는다며, '책 속에 길이 있다.'는 말에 대해 회의감을 나타내기도 한다. 그러나 그 길은 없는 것이 아니라, 있으되 발견하지 못하는 것일 뿐이다.

남에게 좋은 것이 나에게 좋은 것이 아니며, 남에게 위대한 것이 나에게도 반드시 위대하란 법은 없다. 언제가 내 앞에 운명처럼 그 길은 나타나게 되어 있다.

끊임없이 찾으려고 노력하는 자에게, 마치 우연인 듯이!

시작하라, 지금 바로

ㅅ중학교 교장으로 부임한 지 두 번째 가을이 되었다.

10월이 시작되자 선생님과 학생들이 학교 축제를 준비하기 시작하는 것을 보고, 담당 교사에게 올해는 선생님들도 무대에 오르면 어떻겠느냐고 권유했더니, 그는 교사들이 아이들 앞에 서기를 꺼려하는 분위기라고 손사래를 쳤다. 나도 무대에 설 수 있다고 말했더니 그럴 수 있느냐고 반문하기에, 나는 대뜸 그러겠노라 했다.

그렇게 말은 해 놓았는데, 나는 난감해졌다. 무얼 가지고 축제 무대에 오를 것인지 고민이 되었다. 딱히 잘하는 것이라고는 없었기 때문이었다. 그나마 학창시절에 틈틈이 혼자 배웠던 하모니카 불기가 제일 만만한 생각이 들어, 담당 교사에게 어떻겠느냐고 물었다. 그는 좋다고 하면서, 교장이 먼저 무대에 오른다니까 선생님들도 그러겠다고 해서 교사 합창을 계획했다는 소식을 전해 주었다.

그리하여 나는 난생 처음 무대에서 하모니카 독주를 하게 되었다. 학창시절에 자주 불던 외국민요 몇 곡을 연습한 후 축제 당일 무대에 올랐는데, 훈화를 하려고 단상에 설 때와는 달리 그렇게 떨릴 수가 없었다. 조명 탓인지, 긴장 탓인지 앞이 캄캄하였다. 연주가 끝났을 때 박수 소리만 요란스럽게 울려왔다.

그리고 2부에서는 거의 모든 선생님들과 함께 나도 무대에 올라 학생 밴드에 맞춰 노래를 불렀다. 곡명은 '시월의 어느 멋진 날에'였는데, 즐겁게 박수 치며 함께 노래를 따라 부르는 아이들의 모습에는 행복감이 넘쳤다.

축제가 끝난 후 담당 교사가 웃으면서 말했다.

"내년에도 무대에 오르세요!"

그 말이 내 가슴에 못처럼 콱 박혔다. 또? 무엇을 가지고?

다시 하모니카를 불지는 못할 것 같았다. 레퍼토리도 없고 기능도 발전할 가능성이 없었다. 한 달가량 고민을 계속하고 있었는데, 차를 타고 우리 동네를 지나가다가 우연히 '○○뮤직 스튜디오 색소폰'이라는 간판을 보게 되었다. 전에 한 번 배우고 싶다는 생각을 한 적이 있던 '색소폰'이라는 악기 이름이 눈에 들어 온 순간, 내 마음이 움직였다.

'시작해야겠다.'

그리고 11월 말경, 나는 그 스튜디오에서 알토색소폰을 배우기 시작하였다. 등록하던 날 나는 스튜디오 원장에게 말했다.

"내년 이맘때 아이들 앞에서 한 곡 연주하고 싶습니다."

원장은 꾸준히 연습하는 길밖에 없다고 했다. 원장의 말대로 나는 꾸준히 연습을 했다. 하지만 결코 쉽지 않았다. 연습을 거듭할수록 입술이 부르트기도 하고 손가락에는 물집도 잡혔다. 소리가 마음먹은 대로 잘 나지 않아 짜증이 날 때도 많았고, 그만두고 싶은 생각도 여러 번 했다.

하지만 어려울 때마다 스튜디오에 먼저 다니던 색소폰 선배, 고수들이 내가 생각보다 훨씬 잘하고 있다는 격려의 말을 해주면서, 자신들의 실전 경험에서 우러나오는 여러 연습 방법들을 틈틈이 알려 주고 자세도 바로잡아 주며, 악기 관리에 대해서도 친절하게 가르쳐 주었다.

나는 그들 덕분에 용기를 얻어 연습을 계속할 수 있었다. 참 고마운 분들이었다.

3개월 정도가 지나자 나는 비교적 단순한 곡의 멜로디를 불 수 있게 되었다. 그리고 그때부터 재미가 붙기 시작하자 그만두고 싶다는 생각은 어디론가 사라져버렸고 잘 연주해 보겠다는 생각만이 더욱 굳어졌다.

그리고 다시 축제의 계절 10월이 돌아왔다. 축제 담당 교사에게

서툴지만 색소폰 연주를 해 보겠다고 하자, 그는 매우 놀라운 표정을 지으며 교장이 색소폰을 들고 나오는 것만으로 아이들을 좋아할 것이라고 했다. 음악교사가 추천해 준 두 곡을 열심히 연습했다. 그것은 대중가요로 음악 교과서에도 나오는 곡이었다.

드디어 축제의 날, 나는 금빛 알토색소폰을 들고 아이들 앞에 섰다. 아이들의 반짝거리는 눈동자들이 선명했다.

반주기에 이상이 생기는 바람에 조용필의 '여행을 떠나요'라는 곡을 무반주로 연주할 수밖에 없었다. 그래도 아이들은 교과서에도 나오는 곡이라 가사를 알고 있어서 연주에 맞추어 함께 노래를 불러주었다. 몇 군데 틀리기도 했지만 연주 내내 나는 뿌듯한 마음이었다.

연주를 마치고 나는 아이들에게 말했다.

"여러분 모두 어떤 악기든지 하나쯤 다룰 수 있으면 좋겠습니다. 마음만 먹으면 무엇이든 할 수 있습니다. 나도 했거든요. 시작하세요, 지금 바로!"

기록은 위대하다

고등학교 2학년 시절, 나는 매우 특별한 경험을 했다.

당시 문예반 담당이었던 박 선생님은 3월 어느 날 문예반원 예닐곱 명을 부르더니 학교 77년의 역사를 기록하는 역사책을 만들 계획이라는 말씀을 하셨다. 그리고 역사책을 만드는 이유와 방법 등에 대해 개괄적인 설명을 하면서 열심히 참여해 줄 것을 부탁하셨다.

우리들은 무슨 일인지 미처 잘 알지도 못한 상태에서 그날 이후 박 선생님의 지도하에 학교 역사책을 만드는 일을 시작하였다.

선생님이 세운 계획에 따라 학교 도서관을 비롯한 학교의 구석구석을 뒤져 옛날 자료들을 찾아 모으는 작업이 처음 시작되었다. 그리고 수많은 사진들과 문서자료 정리, 원고 청탁과 수합, 또 문서자료와 원고의 모든 내용들을 200자 원고지에 일일이 기록하는 일 등 어렵고도 복잡한 일들이 거의 매일 진행되었다. 교지를 편집하는 일과는 비교도 되지 않을 만큼 힘들었다.

수업을 마치면 우리들은 학교 편집실과 선생님 댁에서 살다시피 하며 몇 달 동안 학교 역사책 편집 작업에 매달렸다.

편집을 마친 원고는 인쇄소에 넘겨졌는데, 우리는 또 인쇄소에 거의 매일 드나들며 교정 작업에 몰두했다. 마침내 우리 고등학교 역사책 「인고 77년사」가 탄생했다.

세계사의 격동기였던 19세기 말인 1895년 개교 때부터 일제강점기를 거쳐 해방 이후, 그리고 6.25전쟁과 1960년대의 경제개발 시기를 지나 1970년대 초까지의 학교 역사를 우리의 힘으로 기록한 책을 받아든 순간의 감동은 영원히 잊을 수 없을 것이다.

특히 그 책을 만드는 전 과정에 동참했다는 자부심을 갖게 된 것은 물론이려니와, 역사책 편찬의 기획과 진행의 모든 과정을 현장 체험과 실무 작업을 통해 배울 수 있는 기회를 가지게 된 것은 고교생인 나에게는 큰 자산이 아닐 수 없었다. 그리고 전에 없던 강한 애교심도 생겼다.

그리고 후에 고등학교 국어교사가 되어 ㅇ여고에 근무할 때 나는 생애 두 번째로 학교 역사를 기록하는 일을 하게 되었다.

당시 정년퇴직을 앞두고 있던 교장선생님이 어느 날 나를 불러 두툼한 서류 봉투를 건네주었는데, 그 속에는 각종 서류와 사진, 이런저런 원고들이 정리되지 않은 채로 들어 있었다.

교장선생님은 그것이 학교 10년의 역사를 기록하려고 모아온 자료인데, 3년째 이 사람 저 사람 손으로 옮겨지기를 반복해 왔다는 것이었다. 그러고 보니 1983년 개교한 학교 역사는 벌써 15년을 앞두고 있었다.

연구부장직을 맡고 있던 나는 운명처럼 그 자료를 받아들고는 고등학교 시절을 떠올렸다. 그래서 집에 돌아와 고등학교 때 만든 '인고 77년사'를 오랜만에 펼쳐 보며 감회에 젖었다. 나는 망설임 없이 ㅇ여고 역사책의 발간 계획을 세웠다.

그리고 다음날부터 여러 선생님들의 도움을 받아가면서 학교 역사를 찾아 기록하는 작업에 들어갔다. 10년이 아니라, 15년의 역사였다.

일은 만만치 않았다. 공립학교의 특성상 근무하는 교원의 매년 바뀌기 때문에 체계적인 자료의 정리나 보관, 인수인계가 잘 이루어지지 않은 부분이 많았다. 그러다 보니 학교의 문서 창고며 오래된 캐비닛 구석구석을 모조리 뒤지지 않으면 안 되었다.

수개월의 진통 끝에 드디어 학교 15년을 기록한 역사책이 세상에 나왔다. 그 책이 납품되던 날, 나는 또 고교 시절을 떠올렸다.

학창 시절에 온몸으로 경험하며 배웠던 역사책의 편찬 과정이 나의 자산으로 남아 또 새로운 역사책을 만들었다고 생각하니 감개무량하였다.

고교 시절 나를 가르치셨던 박 선생님의 얼굴도 생생하게 기억이 났다. 훤칠한 키와 검은 뿔테 안경, 창가에서 담배연기를 내뿜던 각진 옆얼굴, 김광균의 '오후의 구도'를 읊어주시던 굵직한 저음의 목소리. 아마 그때의 박 선생님도 지금의 나와 같은 마음으로 역사책을 받아들었을 것이라는 생각이 들었다.

그리고 나는 생애 세 번째로 학교 역사책을 발간하였다.

ㅅ중학교 교장 발령을 받고 한참 지나서야 나는 마지막 교단생활이 될 2017년도가 이 학교 개교 30주년이 되는 해라는 것을 알게 되었다. 의도하지 않은 생각이 떠올랐다.

'30년사. 마지막 학교에서도 역사책을 만들게 되는 건가?'

나의 결심은 오래 걸리지 않았다. 그리고 시작했다.

여러 선생님들의 도움을 받아 봄부터 시작한 역사책 편집 작업은 늦가을 들어 끝났다. 내가 부임하기 전, 학교의 리모델링 공사 때문이었는지 모르지만 일부 학년도의 자료를 찾을 수 없어 애를 먹기도 했다.

겨울이 깊어지던 2018년 1월 5일, 드디어 학교 30년의 역사를 기록한 책이 탄생했다.

퇴직을 앞두고 발간한 기쁨도 컸지만, 역사책의 편집 과정에서 선생님들이 학교 기록물의 관리와 보존의 필요성에 대해 재인식하게 된 것은 큰 보람이었다. 또한 이를 계기로 그동안 흩어져 있던 학교 법규와 각종 대장과 자료들을 체계적으로 정리하고 보관할 수 있게 되었다.

'발간사' 말미에서 나는 이 역사책이 '교육공동체의 소중한 성장의 역사들을 앞으로도 잘 보관하고 기록해 나가는 노둣돌'이 되기를 희망했다.

모든 기록은 기억의 저장소다. 그리하여 그 기록이 보존되어 오랜 시간이 흐르면 개인과 집단의 역사가 되고, 보존해야 할 가치가 되고, 전승할 문화가 되고, 나아가 인류 발전과 문명 창조의 모태가 되는 것이다.

우리 민족은 예로부터 수많은 기록들을 남겨 왔다. 그 인류사적 가치를 인정받아 유네스코에 등록된 우리의 세계기록유산은, '훈민정음(1997)', '조선왕조실록(1997)' 등을 비롯하여 2017년 9월 현재 총 13점으로, 오스트리아, 러시아와 함께 세계 4위라고 한다.

이처럼 우리 민족에게 위대한 기록의 DNA가 도도히 흐르고 있음은 자랑스러운 일이다.

어릴 때부터 가정에서 개인, 혹은 가족의 역사를 기록하고 보존하는 습관을 길러주고 실천하게 하는 것은 참으로 소중한 일이다. 그렇게 되면 아이들은 사진 한 장, 편지 한 통, 메모 한 쪽까지도 소중히 여기게 된다. 그런 과정을 거쳐 아이들은 인간 존중을 배우며 우리의 삶이란 매 순간 얼마나 아름다운 것인지를 깨닫게 되는 것이다.

오늘날은 보통 컴퓨터나 스마트폰으로 모든 것을 관리하기 때문에 그곳에 저장된 기록들을 따로 체계적으로 저장, 보관하는 방법도 가르쳐야 한다.

이렇게 한다면, 우리의 아이들은 자신의 학교와 일터에서 역사를 기록하고 보존할 줄 아는 문화시민, 사사로운 이익을 추구하거나 자신의 잘못을 덮기 위해 기록을 조작·폐기하는 일은 결코 하지 않는 진정한 민주시민으로 성장하게 될 것이다.

옛날식 수업이 그리워요

은평구에 있는 ㅇ중학교에서 국어과 공개수업이 열렸다. 나는 수업 컨설턴트의 일원으로 여러 국어 교사들과 함께 수업을 참관하였다.

30대 중반쯤으로 되어 보이는 여교사는 교과서의 단편소설을 가지고 인물의 성격 분석을 주제로 하는 모둠 수업을 전개했다. 교사는 이동식 칠판 앞에서 수업을 이끌었고, 학생들은 6개의 모둠으로 나누어 앉아 학습활동을 하였다.

각 모둠의 책상 위에는 흰 켄트지 전지와 여러 색의 매직펜들이 놓여 있었다. 본격적인 주제 학습이 시작되자, 학생들은 서로 활발한 의견을 나누면서 그 내용들을 요약하여 켄트지 위에 기록해 나갔다. 흥미로운 건 대표 학생만 기록하는 것이 아니라 모둠원 모두가 각자 개성 있는 글씨체로 맡은 부분을 기록하고 있었다는 점이다. 어떤 학생은 재미있는 그림도 곁들였다.

수업의 후반부에서는 각 모둠의 대표가 나와 자기 팀이 작성한 내용을 발표하였다. 다른 모둠에서 질문을 하면 해당 모둠에서는 대답을 하였다. 학생들은 매우 즐겁게 학습활동을 했고, 수업 교사는 발표 중에 조금씩 관여를 했으며, 모둠의 발표가 끝나면 점수 스티커를 붙여주었다.

그런데 이 수업에는 요즘 대부분의 교실에서 이루어지는 수업과 다른 점이 있었다. 그것은 컴퓨터나 모바일 등 영상 수업을 위한 어떤 기기도 사용하지 않았다는 점이었다. 칠판과 종이와 펜이 다였다. 하지만 수업은 매우 활발했고 성공적으로 목표에 도달하였다.

수업이 끝나고 협의회 시간에 수업을 공개한 교사는 참관한 컨설턴트들의 질문을 예상한 것처럼 자신의 수업에 그 어떤 기기도 사용하지 않은 이유에 대해 먼저 설명을 했다.

요즘엔 컴퓨터를 비롯한 다양한 기기를 이용한 수업이 모든 과목에 일반화되어 있어서 자신은 그런 방법을 지양하고 싶었다고 했다. 어느 수업이나 등장하는 영상과 프레젠테이션 자료, 음악을 이용한 수업에 아이들이 식상해 있기 때문이라는 것이었다.

그래서 자신은 그런 기기들이 없는, 그야말로 옛날식 수업을 해보고 싶었고, 아이들이 한 시간 동안 서로의 눈을 마주치며 의견을 나누며 직접 쓰고 말하는 시간을 최대한 만들어 주는 수업을 틈틈이 해 오고 있다고 했다. 그 자리에 참석한 교사들은 하나같이 그 말에 공감하였다.

첨단 기기를 이용하면 어떤 수업이든지 과정이 매우 화려해 보인다. 그러나 과연 그 수업 시간 동안 교사와 학생, 학생과 학생이 서로 얼마나 교감을 나누는지는 미지수다.

오히려 영상에 몰입하고 기기에 신경 쓰느라고 쓰기, 읽기, 말하기 등의 국어과 교육의 본질과는 동떨어진 수업이 되는 것이 아닌가 하는 생각이 들 때가 많다.

나의 학창 시절에 어떤 국어선생님은 한 시간 내내 문학 작품 읽기 수업을 하곤 했는데, 그 시간이 나는 매우 좋았던 기억이 난다. 또 어떤 선생님은 한두 시간 내내 글쓰기만을 시키기도 했다. 머리를 쥐어뜯으며 생각을 짜내느라 고생했던 기억이 생생하다.

좋은 수업이 꼭 '도입-전개-정리'와 같이 단계적으로 이어져야 되는 것도 아니고, 첨단 기기나 화려한 영상을 이용해야 하는 것은 더욱 아니다.

핵심은 교사와 학생의 목표 지향적인 정서의 교감, 학생과 학생 간의 협업적 상호작용이라는 수업의 본질에 얼마나 접근하였는가에 달려 있다.

효과적인 쓰기 교육을 위해선 한 시간 내내 쓰기만 하고, 읽기 교육을 위해선 한 시간 내내 읽기만 해도 된다. 한 시간 내내 아이들이 서로 자기주장을 펴며 토론을 하는 모습을 상상만 해도 즐거운 일이다.

최근 유태인들의 교육법인 '하부르타' 식 수업을 도입하여 교수학습 활동을 전개하는 교사들도 있는데, 이것은 매우 바람직한 시도라 할 수 있다.

컴퓨터도, 영상 기기도 없이 칠판과 백묵만으로도 즐겁고 행복한 수업을 했던 옛날식 수업이 가끔은 그리워진다.

한 교실, 두 선생님

'한 교실에 두 선생님'

1989년과 2017년, 28년의 간격을 두고 똑같은 이 말이 뉴스에 등장했다.

1989년의 '한 교실 두 선생님'은 교원노조에 관련되어 해직된 선생님과 그 자리에 새로 임용된 선생님 두 명이 나란히 같은 교실에 등장하여 학생들이나 교사들을 모두 난감하게 만들었던 이야기이다.

그 일은 당시의 혼란스러운 시대적 상황에서 갈등을 겪었던 교사와 학생들 모두에게 가슴 아픈 장면으로 기억되고 있다. 그러므로 이것은 반복되지 말아야 할 일이다.

그런데 2017년은 좀 다른 차원의 '한 교실에 두 선생님'이다. 역대 최저에 달하는 출산율로 인한 인구 감소로 학생 수가 계속 줄어드는 시점에서 일자리 정책과 맞물려 나오고 있는 이야기이다.

대통령 탄핵으로 인한 조기 대선의 승리로 집권한 새 정부의 교육정책 공약에도 초·중·고 수업에 보조교사를 배치한다는 내용이 들어 있다.

이에 대해서는 다양한 의견이 있는데, 아직 심도 있는 토론과 연구가 부족한 형편이어서 시기상조란 생각이 든다. 보조교사의 자격, 수업과 평가의 주도권 문제, 학생과 학부모의 인식, 교육과정 운영 문제 등 해결해야 할 과제가 많기 때문에 신중한 접근이 필요할 것이다.

최근에 또 다른 경우의 '한 교실, 두 선생님'의 모습을 볼 기회가 있었다. ㅅ특성화고등학교의 공개수업을 참관했는데, 요즘 새로운 교육 방법으로 인식되는 '스팀(STEAM) 수업'이었다.

그날 수업 주제가 '스마트폰 앱' 제작 발표였는데, 그동안 학생들이 팀별로 개발한 '앱'을 직접 스마트폰에 구현하는 시간이었다. 수업이 시작되었는데 보기 드물게 교실에는 국어 교사와 기술 교사 교사 두 명이 있었다.

학생들은 작품을 발표하고, 기술 교사는 '앱' 기술과 관련된 평가를, 국어 교사는 '앱'의 텍스트나 내용에 관련된 평가를 해주었다. 국어과와 기술과가 함께 어우러진 융합수업이었다.

그동안 두 교사는 '앱' 제작이라는 주제 수업을 구현하기 위해 서로 도와가며 각 교과의 특성에 맞는 플랜을 짜고 학생들이 작품을 완성할 수 있도록 공동 수업을 해 왔다고 했다.

두 교사가 진행하는 융합수업을 참관하면서 예전에 비해 이제는 학교의 수업도 많이 변하고 있음을 실감했다. 교과교사 한 명의 주도로 수업이 이루어지고 있는 현실에서 그 수업은 매우 인상적이었다.

'4차 산업혁명 시대'의 도래 속에서 이제 우리 교육도 빠르게 변화하지 않으면 안 되는 시점에 와 있다는 생각이 든다.

'한 교실, 두 선생님'은 이제 찬반의 논란거리를 넘어서야 하지 않을까?

지금 우리의 아이들은 어른들의 생각 이상으로 다양하고 무한한 '융합적' 능력을 지니고 있다. 이 '융합적인' 아이들의 창의력을 키워주기 위해서는 '한 교실, 두 선생님'만으로도 부족할 것이다. 교원 확보에 대한 투자 확대가 필요한 이유다.

다양한 능력을 가진 선생님들이 학교에 많으면 많을수록 좋지 않은가? 교원 정원에 대한 인식의 전환을 포함한 국가 교육정책의 역대급 대전환이 요구된다.

우리말글, 뜻을 알아야 바르게 쓴다

강북의 ㅇ고등학교 국어교사 ㅊ한테서 들은 이야기이다.

ㅊ교사는 자기 학교 남녀 학생들이 습관적으로 비속어나 욕설을 마구 사용하고 있어서 생활지도에 늘 고민이 많았는데, 한번은 충격적인 말을 듣게 되었다.

평소 비속어를 버릇처럼 쓰는 여학생이 있었는데, 그 여학생이 복도에서 ㅊ교사가 옆에 뻔히 있는 줄 알면서도,

"아, 존나 짱나!"

하고 애들 앞에서 소리치더라는 것이었다. 그는 다른 아이들이 있는 앞이라서 차마 뭐라고 하지 못하고, 그 여학생한테 교무실로 당장 내려오라고 하였다.

교무실에 내려온 여학생은 영문을 모르겠다는 표정이었다. ㅊ교사는 다른 교사들이 잘 안 보이는 곳에 그 학생을 앉게 하고, 마음을 가라앉힌 후 조용히 아까 소리 친 게 무슨 뜻의 말인지를 물었다.

"아, 왜요? 엄청 짜증난다고요!"

여학생은 여전히 짜증 섞인 얼굴로 ㅊ교사에게 투덜거렸다. 그는 차분하게 물었다.

"그건 짐작하겠는데, 네가 말한 '존나'가 뭐지?"

그 말에 여학생은 계속 어이없다는 듯 대꾸했다.

"뭐 잘못 되었어요? 그냥 막 짜증난다고요."

ㅊ교사는 다시 그 뜻이 무언지 아느냐고 물었고, 여학생은 그런 건 모르고 그냥 쓴다고 했다.

그래서 그는 자신은 국어교사로서 '존나'라는 말의 어원에 대해서 알려 줄 테니 오해 없이 들을 수 있겠느냐고 동의를 구한 후에, 그 말이 남성의 성기를 가지고 남성들이 사용하기 시작한 데서 비롯한 비속어임을 정확히 가르쳐 주었다.

ㅊ교사의 말을 들은 그 여학생은 얼굴이 빨개졌고, 어쩔 줄 몰라 했다. 그러고 나서 ㅊ교사는 뜻을 알고도 그 말을 다시 쓸 수 있겠느냐고 물었고, 여학생은 숙인 고개를 절레절레 흔들었다. ㅊ교사는 그 여학생에게 말은 그 말을 하는 사람의 인격을 나타내므로 다음부터는 비속어를 쓰지 말라고 타이르고 보냈다.

얘기를 다 들은 후 나는 ㅊ교사한테 참 용기 있는 가르침이었다고 칭찬해 주었다. 요즘은 아이들에게 '성', 또는 '성기'와 관련된 말을 하거나, 그와 관련한 언어생활 지도를 하는 것이 매우 어려운 시기이기 때문이다.

우리는 모두 '말글은 그 사람의 인격이다.'라는 것을 잘 알고 있으면서도 일상생활에서는 그렇지 않은 경우를 많이 본다.

최근 들어 어린이나 청소년들이 자기가 쓰는 말이 무슨 뜻인지도 모르면서 대화는 물론 온라인상에서 마구잡이로 비속어나 욕설을 쓰는 일이 허다하다. 그러다가 심한 경우에는 사이버 언어폭력이나 명예훼손으로 고발당하는 일도 많다.

일반 어른들은 물론 모범이 되어야 할 일부 정치 지도자들까지 공공장소에서 입에 담거나 옮기기조차 민망한 막말이나 욕설을 함부로 내뱉곤 하여, 국민들의 눈살을 찌푸리게 하는 경우도 적지 않다.

특히 부모들이 집안에서, 혹은 외출 시 운전석에서 화가 난다고 아이들이 있는 앞에서 자기도 모르게 욕설을 하는 경우가 있는데, 참으로 조심해야 할 나쁜 습관이다.

아이들이 사용하는 말글은 어른들의 거울이다.

가정에서나 학교에서나 바른 우리말글 사용과 가르침에 힘써야 할 이유가 여기에 있다. '바른 말, 고운 말을 쓰자.' 정도의 추상적이고 식상한 말글 교육에서 벗어나야 한다.

아이들은 자신들이 사용하는 말, 특히 비속어나 은어, 욕설 등이 무슨 뜻인지도 모르고 남들이 쓰니까 생각 없이 따라 쓰는 경우가 대부분이다. 그럴 때마다 부모나 교사가 그 말의 정확한 뜻이나 어원을 가르쳐 주면 좋을 것이다.

앞에서 말한 여학생의 경우처럼 자기가 쓰는 비속어가 무슨 뜻인지 정확히 알고 나면 다시는 사용하고 싶지 않을 것이기 때문이다.

2부

면역력을 기르자

아이들이 만든 행복한 레시피

복도에서 수다를 떨면서 지나가는 여중생들이 나한테 할 말이 있다며 목소리를 높인다.

"교장선생님, 급식이 맛없어요!"

그러더니 여러 아이들이 한꺼번에 자신들이 먹고 싶은 음식들을 마구 쏟아놓는다. 피자, 치킨, 아이스크림, 갈비, 떡볶이……. 나는 그들에게 웃으며 대답한다.

"나도 정말 먹고 싶네."

아이들이 원하는 급식을 제공해 주고 싶지만 그렇게 간단한 문제가 아니다. 학교 급식은 당국에서 책정해 주는 예산으로 인건비와 운영비, 식비를 감당해야 하므로, 아이들이 먹고 싶은 것을 그대로 해줄 수가 없다.

영양소도 엄격히 관리해야 되고 식재료도 마음대로 쓸 수 없는 데다가 특히 가격이 문제다. 학교마다 조금씩 차이는 있지만 4천 원대 안팎의 식재료 값으로는 아이들이 요구하는 입맛에 맞추어 주기가 어려운 형편이다.

게다가 자신들이 매일 먹는 급식의 내용이나 가격에 대해 잘 모르는 경우가 많기 때문에 입맛에 안 맞는 음식이 나오면 아이들은 불평하기 마련이다.

그래서 선생님들과 함께 묘안을 찾아보았다.

'우리가 만드는 급식 레시피'

아이들이 직접 한 끼 급식의 레시피를 만드는 이벤트를 진행해 보자는 안이 나왔다. 가정과 실습 시간을 이용하여 아이들이 스스로 레시피를 만들어 응모하게 하고, 그 중에서 우수작을 뽑아 그것을 급식 메뉴로 제공하자는 계획이었는데, 영양사도 흔쾌히 동의하였다.

물론 조건이 있었다. 학교 급식 때 제공되는 수준의 식재료 단가와 종류, 균형 있는 영양소 등과 같은 급식 기준에 맞는 레시피라야 함을 학생들에게 사전에 공지하고 진행하기로 하였다.

5월부터 시작하여 두 달쯤 걸려 가정 수업이 있는 학년을 대상으로 모든 학생들에게 정해진 가격과 균형 있는 영양소라는 조건을 제시하고 레시피 만들기 실습이 진행되었다.

가정과 교사는 아이들이 처음에는 무척 좋아하다가, 레시피를 짜다 보니 4천 이내의 가격에 자기들의 입맛에 맞는 메뉴 만들기가 너무 어려워하더라는 이야기를 전해 주었다.

교육의 효과가 나타난 것이다. 아이들은 아마도 스스로 깨달았을 것이다.

'한 끼 식사를 위해 메뉴를 짜고, 음식을 만들어 많은 사람들에게 제공한다는 것'이 얼마나 어려운 일인가를.

모든 과정이 끝나고 학년별로 세 작품씩 우수작을 선정하여 1학기말에 시상식을 가졌다. 대부분 여학생인 수상자들에게 시상하며 소감을 물었더니, 한결같이 '어려웠지만 재미있었다.'고 대답하였다.

그 중에서 최우수작은 '언양 갈비 정식'이 뽑혔다. 학교 급식에서 한 번도 나온 적이 없던 메뉴인데 어떻게 만들게 되었느냐고 해당 학생에게 물어보았다. 그 여학생은 가족들과 여행 가서 아주 맛있게 먹었던 기억이 있어서 레시피로 만들게 되었다고 이야기했다. 나는 참 잘했다고 칭찬해 주었다.

그리고 2학기가 되어 9월 어느 날, 최우수작 레시피인 '언양 갈비 정식'이 급식으로 제공되었다. 점심을 먹은 아이들은 맛있어 했고 다들 무척이나 즐거워하였다. 그 레시피를 만든 여학생은 반짝 스타가 되었다.

재료비 때문에 시중에서만큼 두껍게 만들 수는 없었지만, 선생님들도 맛있다는 반응을 보였다. 여건이 허락되면 한 학기에 한 번씩 이와 같은 프로그램을 진행했으면 좋겠다는 의견도 많았다.

영양사는 아이들의 레시피 심사를 마친 후 이렇게 말했다.

"저도 생각하지 못했던 창의적인 레시피들이 있어서 깜짝 놀랐어요. 아이들에게 많이 배웠어요."

지금은 어떤 교육이든 '교육자가 주는 것을 피교육자가 받아먹는 식'에서 벗어나 함께 참여하고 행동하게 만들어야 모두가 행복해질 수 있는 시대이다. 가르치면서 배우는 것, 우리가 지향해야 할 교육의 비전이 아니겠는가?

'모두 함께 행복한 교육 레시피'를 만들어 보자.

쌤, 돈을 왜 내요?

요즘은 중학교마다 보통 11월 초쯤 기말고사가 끝나면 졸업식 전까지 전환기 프로그램들을 운영한다. 교과서 공부를 벗어나 스포츠 활동, 체험활동, 뮤지컬 배우기, 명사 초청 강연, 공연 관람 등 학생들이 평소에 접하기 어려웠던 다양한 체험 위주의 교육활동이 펼쳐지는데, 아이들의 반응이 좋은 편이다.

그런데 지난 해 겨울, 전환기 프로그램 담당교사가 전해 준 말은 조금 황당했다. 뮤지컬이나 연극 공연 관람을 위해서는 수익자 부담으로 해야 하기 때문에 관람료를 내야 된다고 하니까 어떤 아이들이,

"쌤! 돈을 왜 내요?"

라고 하면서 짜증스런 반응을 보이더라는 것이었다. 그러면서 그 교사는 요즘 아이들이 너무 공짜로 얻어먹는 버릇이 들어서 그렇다면서 쓴웃음을 지었다.

그러고 보니 최근 들어 학교에서는 아이들에게 정말 많은 경제적 지원이 이루어지고 있다. 아마 교육복지로 따지면 가장 좋은 시절인 것 같다.

무상 급식, 무상 교과서 지원을 비롯하여 각종 수업 준비물이나 여러 가지 프로그램 강사비와 준비물 구입비, 또는 아이들 교육활동을 위한 간식 구입비 지원 등 그야말로 교육복지 혜택이 봇물을 이루고 있다고 해도 과언이 아니다.

본래의 목적인 교육격차 해소라는 좋은 점도 있지만, 모든 아이들에게 제공되는 지속적인 물질적 지원에 따른 부작용도 적지 않다.

그 중의 하나가 많은 아이들이 자기 물건의 소중함을 모른다는 것이다. 무상으로 지급되는 교과서라서 그런지 잃어 버려도 그만, 찾을 생각조차 하지 않는다. 자기 물건이라는 의식이 아예 없다. 예전처럼 새 교과서를 받으면 표지가 더럽혀지지 않게 겉을 싸고 제 이름을 써 놓는 아이들은 보기 힘들다.

또 학교에 오면 모든 것이 다 제공된다고 생각하여 아예 책가방을 가져오지 않거나, 텅 빈 가방을 메고 오는 아이들도 많다.

무슨 활동 때마다 '간식은 왜 안 주느냐, 먹을 걸 사 달라'고 투정을 부리는, 이른바 '거지 근성'을 보이는 아이들이 많아서 참 보기에 민망할 지경이라는 이야기를 하는 선생님들도 종종 있다.

그런 식으로 학교생활을 하다 보니 개인이 마땅히 내야 할 공연 관람료조차도 왜 자기가 내야 하느냐고 따지는 학생들이 있는 것은 어찌 보면 당연한 일인지도 모른다.

그러니 이제는 교육복지에 대한 제도나 정책들도 좀 지혜로운 방향으로 전환해야 할 때라고 생각한다. 자칫 자라나는 아이들이 아무런 노력도 없이 언제나 필요한 것들을 쉽게 얻을 수 있을 것이라는 잘못된 경제 의식을 가져서는 안 되기 때문이다.

그러므로 먼저 모든 유형, 무형의 무상 지원에 대한 책임의식을 어떻게 실천적인 교육으로 구현할 것인가에 대한 사회와 학교의 고민이 있어야 한다.

자신에게 주어지는 모든 것들이 어디에서 왔고 어떤 가치가 있는 것인지에 대한 체계적 교육이 이루어짐으로써 그것들을 소중히 여기며 잘 관리하고 물려주는 생활 습관을 어려서부터 몸에 배도록 해야 할 것이다.

내가 가진 모든 것들, 그리고 자연 환경을 비롯한 세상의 모든 재화들이 본디 내 것이 어디 있겠는가? 그 모든 것들은 내가 잠시 이 세상에 머물 동안 고마운 마음으로 누군가에게서 빌려 쓰다가, 갈 때가 되면 깨끗하게 놓고 가야 할 것들이 아닌가?

자유로운 꿈, 속박하는 꿈

중학교 2학년 여학생 신이와 연이(가명)는 요즘의 여느 아이들과 다를 바 없는 꿈을 가지고 있었다.

신이는 외교관이 되고 싶었다. 그 꿈은 초등학교 시절부터 부모님의 영향 아래 갖게 된 것으로, 중학교 2학년이 될 때까지 한 번도 바뀐 적이 없었다.

꿈을 이루기 위해 신이는 열심히 공부했다. 학교 성적에서 일등을 놓친 적이 없었으며, 교과 외의 모든 활동에서도 성실함이 돋보였다. 외교관이 되려면 외국어도 잘해야 하고 외모도 가꾸어야 하고 발표력도 좋아야 한다고 믿는 신이는 언제나 남들한테 자기의 완벽함을 보여주기 위해 노력했다. 신이는 모든 아이들의 부러움의 대상이 되었다.

그런데 중학교 2학년이 되자 신이는 극심한 스트레스에 시달리기 시작했다. 교과 성적에서 다른 아이들에게 밀리는 일이 생겼고, 모든 수행평가에서 초등학교 때처럼 탁월한 성적을 내기가 무척 어려워졌기 때문이었다. 더구나 몸무게도 늘기 시작했다.

신이는 외교관이 될 수 없을지도 모른다는 두려움 때문에 심리가 불안해졌으며, 얼굴 표정이 어두워졌고 친구들과의 자연스러운 대화도 줄어들었다. 급기야는 거식증까지 생겼다. 몸무게는 40Kg 이하로 떨어졌다.

누가 봐도 신이는 바람이 불면 날아가 버릴 것 같은 뼈만 앙상한 아이였다. 그래서 교사들이 어디 아프지 않느냐고 물으면 아무것도 아니라고 했다. 걱정이 된 담임교사가 신이의 어머니에게 전화를 했는데, 원래 그런 아이라고 하면서 꿈을 위해 그 정도 노력하는 것은 정상이라는 답변이 돌아왔다.

그러나 결국 우려했던 사태가 일어났다. 어느 여름날 신이가 갑자기 쓰러진 것이다. 의사는 신이의 부모에게 당장 입원하여 치료하지 않으면, 공부가 문제가 아니라 신이의 건강이 치명상을 입을 것이라고 경고했다. 신이의 부모는 그때서야 비로소 사태의 심각성을 인식했다.

신이는 바로 입원 치료를 받기 시작했다. 물론 심리적 강박증을 해소하는 심리치료도 병행했다. 두어 달 후 신이는 퇴원하여 학교에 나왔는데, 심리 상태가 어느 정도 안정되었으며, 몸무게도 늘고 표정도 좋아 보였다.

신이는 담임교사에게 자신의 꿈에 대해 너무 강박증을 가지지 않기로 하였다고 말했다.

연이는 어릴 때 누가 꿈이 무어냐고 물으면 잘 모른다고 대답하는 아이였다. 장래 희망을 쓸 때는 선생님, 간호사, 연예인 등 생각나는 대로 적었다. 부모님도 별 신경을 쓰지 않았다.

교과 성적은 보통이었고 남보다 뛰어나게 잘하는 것도 없었는데, 단지 그림을 그릴 때면 기분이 좋아지는 것을 느끼곤 했다. 그러다 보니 신이는 그림일기도 빠짐없이 쓰고, 그림을 열심히 그려 교내 그리기대회에서 상을 타는 일이 많아졌다.

그림을 잘 그린다는 칭찬을 자주 듣게 되자, 연이는 자신이 그림에 소질을 가지고 있다고 생각했고, 유명한 화가가 되겠다는 꿈을 가지게 되었다.

그런데 중학생이 되자 상황이 달라졌다. 새로 만난 친구들 중에는 정말 뛰어난 그림 솜씨를 가진 아이들이 많았다. 컴퓨터 그래픽으로 그림을 그리거나 전문 학원에서 미술 공부를 하는 아이들도 있었다.

연이는 자기의 그림이 하찮게 여겨졌고, 갑자기 부끄러워졌다. 자기 그림은 아무것도 아니라는 생각이 들었고, 화가가 되겠다는 꿈은 얼토당토않은 것이었다. 그러다 보니 재미없는 학교생활이 이어졌다.

그러다가 2학년이 된 연이는 학교의 직업체험 프로그램에 참여하게 되었다. 막연한 생각으로 친구들과 실내 디자인 업체에 가서 체험을 하였는데, 디자이너의 이야기를 듣고 디자인 과정을 체험하면서 가슴이 두근거리는 느낌을 받았다. 그래서 관심을 가지고 직업체험을 하다 보니 그곳은 마치 자기가 있어야 할 곳처럼 생각되었다. 그리고 연이는 마음속에 느낌표를 찍었다.

'그래, 실내 디자이너야!'

연이는 그날 이후 실내 디자이너라는 직업에 푹 빠졌다. 각종 잡지, 인터넷 등을 통해 실내 디자이너와 그 작품들에 대한 자료와 사진들을 수집하여 차곡차곡 보관하고, 서툰 솜씨지만 자기가 꿈꾸는 주거 공간을 혼자 디자인해 보기도 하였다. 그렇게 꿈을 찾은 연이는 행복했다.

그리고 자신이 찾은 꿈 이야기를 영상으로 만들어 교내 진로 UCC 발표대회에서 발표하고 우수작으로 뽑히게 되었다. 연이는 디자인을 배울 수 있는 고등학교에 진학할 계획을 세웠다. 막연한 꿈이 아니라 도달할 수 있는 삶의 목표가 생긴 것이다.

요즘은 아이들의 교육에서 '꿈'과 '진로'를 빼면 이야기가 되지 않을 정도로 넘쳐나고 있다. 그러다 보니 꿈과 진로를 이른바 '좋은 직업'과 동일시하는 경향이 강해지면서 초등학생이나 중학생 때 벌써 타의에 의해 자기의 직업을 정하는 경우도 많이 본다.

진로 교육을 하러 온 전문 강사들에게 '연봉이 얼마냐?'와 같은 민망한 질문을 한다든지, 공무원이나 교사, 연예인 등 경제적으로 안정되거나 화려한 스포트라이트를 받는 직업인들만을 선호하는 아이들이 매우 많다.

가정에서도 부모들이 자녀들에게 특정한 직업을 가져야 한다는 강박증을 어릴 때부터 심어주고, 그게 다 너를 위한 것이며 그러니 공부를 잘해야 한다는 식의 논리로 아이들의 현재의 삶을 옥죄기도 한다.

그러다 보니, 적지 않은 아이들이 자유롭고 원대한 꿈을 꾸며 행복한 학창시절을 보내는 것이 아니라, 부모나 사회경제적 환경 때문에 반강제적으로 속박당하는 '꿈의 굴레' 속에 갇혀 공부하고 있다. 불행한 일이다.

그러므로 자라나는 우리의 아이들에게 미래를 강요해서는 결코 안 될 것이다. 가정, 학교, 사회에서 모두 함께 지혜를 모아 아이들의 행복을 위한 진로 교육을 해야 한다. 직업 선택 위주가 아니고, '어떻게 살 것인가?'라는 가치 지향의 진로 교육이 필요하다.

우리의 미래인 아이들이 속박당하는 꿈이 아니라, 자유로운 꿈을 가질 수 있도록 배려하고 격려해 주어야 하지 않겠는가.

학교, 스마트폰을 어떻게 하나?

교장회의에서 만난 어느 중학교 교장선생님이 그 학교 학생들 이야기를 들려주며 한숨을 내쉬었다.

이전 학교에서는 등교 후에 학생들의 스마트폰을 수거하여 하교 때까지 사용할 수 없었는데, 새로 부임해 간 학교에서는 학생들이 종일 스마트폰을 쓰고 있어서 문제가 많다는 것이었다.

수업 중 사용 금지 규정이 있지만, 몰래 사용하다 들켜서 교사와 갈등을 빚거나 압수 과정에서 교권 침해 사안까지 발생하는 등 수업 분위기가 엉망이 되기도 하고, 쉬는 시간이나 점심시간에도 손에서 놓지를 않는다는 것이다.

점심을 먹기 위해 길게 줄을 늘어선 대부분의 아이들이 모두 고개를 숙이고 스마트폰을 들여다보고 있는 모습은 기괴하다고까지 했다. 그렇다고 갑자기 제도를 바꾸기도 어려운 형편이라며 걱정스럽다는 것이었다.

그 얘기를 듣고 난 후 학교에 돌아와 우리 학교 아이들의 생활 모습을 유심히 살펴보았다.

몇 년 전부터 스마트폰을 등교 때 보관했다가 하교 때 돌려주는 제도가 학교규정으로 정해져 있어 아이들은 스마트폰을 학교에서 사용하지 못하는 것에 대해 특별한 거부감이 없다. 교내 활동은 물론이고 체험학습, 수련활동 같은 교외 활동에서도 규정은 똑같이 적용된다.

쉬는 시간에 아이들은 또래들과 어울려 놀거나 수업 준비를 하며, 어떤 아이들은 큰 소리로 노래를 부르기도 한다. 수업 시간에는 수업 집중도가 높다. 선생님들은 다른 학교처럼 스마트폰으로 인한 갈등을 겪지 않아 한결 수업이 즐겁다고 한다.

점심시간에 식당으로 몰려가는 아이들은 즐거움에 넘쳐 있다. 서로 웃고 장난도 치며 그날 식단에 대한 것이나, 연예인, 또는 선생님들을 소재로 주고받는 온갖 재미있는 이야기에 푹 빠져 있다. 점심식사 후 삼삼오오 교내 벤치에 앉아 대화를 나누는 여학생들의 모습은 참 예쁘고 정겹다.

운동을 좋아하는 남학생들은 잔디운동장 곳곳에서 축구나 야구를 하면서 땀을 흘린다. 체육관에서는 스포츠클럽 점심시간 학급대항 리그전이 펼쳐져 반 아이들의 응원소리가 진동한다. 가끔은 선생님들과 학생들 간에 농구시합이나 배구시합이 펼쳐져 그야말로 축제 분위기다.

아이들은 스마트폰을 사용하지 않는 대신 친구들과 대화하고 선생님들과 소통하며, 또래들과 함께 어울려 놀이를 하거나 운동을 즐기면서 성장해 가고 있다.

신체적·정서적으로 건강하게 성장하는 것을 물론이고, 우리의 삶에서 매우 중요한 인간관계와 사회성도 자연스럽게 길러가고 있는 것이다.

다른 나라와 마찬가지로 우리나라도 성장기 아이들의 과다한 스마트폰 사용에 대한 우려가 매우 큰 것이 사실이다. 스마트폰 중독에 대한 경고도 잇따르고 있다. 우리 국회에서도 미취학 아동들의 모바일 과다 사용 예방법이 발의되어 있는 형편이다.

미국의 가족관계 전문가 개리 채프먼은 '스마트폰에 빠진 아이를 어떻게 가르칠 것인가'라는 책에서 이렇게 경고한다.

"아이에게 스마트폰이나 아이패드를 주면서 반드시 사용시간 제한, 사용범위를 꼭 정해라. 무턱대고 쥐어주는 것은 나이에 관계없이 매우 해롭다."

스마트폰 혁명을 이끈 스티브 잡스조차 자기의 자녀들에게 스마트폰을 비롯한 전자기기의 사용을 매우 엄격히 금지하거나 제한했다는 사실도 익히 알려진 바다.

미국 소아과학회는 초·중·고 학생들에게 하루 1~2시간 이하로 스마트 기기를 사용하도록 권고하고 있으며, 우리나라 정신건강의학과 전문의들도 대체적으로 비슷한 의견인데, 2시간 이하 사용이 적절하다고 한다.

그리고 대만은 더 강력하게 제재한다. 만 2세 미만은 스마트폰 사용을 금하고, 만 18세 미만 청소년들의 디지털기기 이용 시간을 하루 1시간 30분으로 제한하는 법안이 통과되었는데, 이를 어길 경우 부모에게는 벌금이 부과된다.

요즘 청소년들은 디지털 기기를 태어나면서부터 자연스럽게 접하여 자유자재로 사용하는 세대로서 '디지털 원주민'이라 불리기도 한다.

그런 아이들에게 스마트폰 사용을 강제로 차단할 수는 없으며, 그래서도 안 된다. 가정과 사회가 지혜를 모아 건강하고 현명하게 스마트폰을 사용할 수 있는 법을 어릴 때부터 교육하고, 또 제도로 뒷받침해야 할 것이다.

특히 교육 당국은 이에 대한 관심을 보다 특별히 가질 필요가 있다. 단위학교의 선택에만 미룰 것이 아니라 보편적이고 합리적인 제도를 마련함으로써 학교에서의 스마트폰 사용 문제를 해결해 나가야 하리라 본다.

100% 주관식, 100% 믿음

1990년대 후반, 서울의 한 여고에서 근무하고 있을 때다. 2월에 동료 교사들과 시간표를 짜다 보니 나는 2학년 문과 전체의 작문 과목을 맡게 되었다. 작문 과목을 선호하는 교사가 없다 보니 뜻하지 않게 혼자 9개 학급을 주당 2시간씩 가르치게 된 것이다.

작문은 수능 시험과도 관계없고 교과서 외에는 마땅한 참고서도 없어서 교과서를 중심으로 하여 수업을 진행할 수밖에 없었다. 내신 성적에 신경을 많이 쓰는 학생들을 빼놓고는 작문 수업에 흥미를 보이지 않았다.

이론과 실제를 병행하는 글쓰기 수업도 어려웠으나, 더 큰 문제는 평가였다. 1학기 중간고사를 앞두고 어떻게 문제를 낼 것인가를 두고 나는 고민에 빠졌다. 처음엔 수능시험 준비에 조금이라도 도움을 주기 위해 선다형 문제를 낼까 하고 생각했다. 그러나 작문이라는 과목의 특성을 고려할 때, 그것은 아니라는 결론에 도달했다. 쓰기 문제가 없는 작문 시험? 그건 교사로서 용납이 안 되었다.

고민 끝에 나는 학생들에게 작문 시험은 100% 주관식(서술식)으로 출제하겠다고 선언했다. 많은 학생들은 싫은 기색을 내비쳤지만, 나는 밀고 나갔다.

출제 과정에서 구체적인 평가기준을 설정한 후, 첫 중간고사 문제를 100% 주관식으로 출제했다. 선다형 문제는 하나도 없었고, 학생들은 모든 문제를 서술로 답해야 했다. 모든 문제는 오직 교과서에서 배운 이론과 실제에 근거하여 제작한 것이었다.

중간고사가 끝나고 수업에 들어갔는데, 아이들은 나를 원수 대하듯 했다. '그런 문제를 어떻게 낼 수 있느냐?'며 원성이 자자했다. 나는 쓰기 없는 작문은 있을 수 없지 않느냐고 하며 아이들을 설득했다.

채점은 미리 정해진 기준에 따라 이루어졌으므로 점수를 받아 든 아이들은 별다른 불평을 하지 않았다. 수업에 충실했던 아이들은 비교적 좋은 점수를 받았고, 평소 상위권에 속했던 아이들 중에는 기대에 못 미친 자기 점수를 원망스러워하기도 했다.

그런데 교무실로 어떤 학부모가 나를 찾아왔다. 성적이 상위권에 들던 학생의 어머니였다. 그녀는 나를 보자마자 어떻게 자기 딸이 그런 말도 안 되는 점수를 받을 수 있느냐며 볼멘소리를 하였다. 나는 그 학생의 답안지를 보여주었다. 70점대의 자기 딸 답안지를 보고서는 여전히 투덜거리며 그 학부모는 성적 좋은 학생들은 학교에서 봐주어야 되지 않느냐는 엉뚱한 소리를 내뱉었다. 교사의 평가에 대한 합당한 이의 제기를 넘어선 불만에 나는 기분이 상했지만, 수업을 핑계로 자리를 떴다.

이 이후 수업 시간에 임하는 학생들의 태도는 달라졌으며, 1년 동안 작문 과목의 평가는 주관식으로 이어나갔다.

우리 교육의 여러 문제 중 하나는 교사의 평가에 대한 학부모와 학생들의 불신을 들 수 있다. 그것은 과거의 잘못된 관행에서 비롯된 해악이다.

즉 교사들은 주관식 평가를 하려고 해도, 평가의 객관성과 공정성 때문에 선다형 문제에 매달릴 수밖에 없는 형편이다. 가장 큰 이유는 대입 수능시험 제도이다.

수능시험의 형식이 학교교육의 평가 형식을 지배하고 있는 이런 체제는 반드시 고쳐져야 하지 않을까?

가르치는 교사가 100% 주관식으로 출제하여 평가할 수 있고, 그 결과에 대해 100% 믿음을 보여주는 학교교육이 이루어져야 한다.

그렇게 함으로써 학교교육의 평가 결과가 어떤 형태의 선발 전형에든 100% 반영될 수 있는 신뢰의 사회도 하루빨리 앞당겨지게 될 것이다.

즐겁게 비우고, 여유 있게 보충하라

고등학교에서 국어교사로 근무하던 시절 나는 방학 때마다 대학 입시를 위한 보충수업의 굴레에서 벗어나지 못했다. 대부분의 보충수업 시간이 국·영·수의 몫으로 우선 배정되기 때문이었다.

방학 중 보충수업은 보통 방학 초부터 20일 간 이루어졌다. 90분짜리 하루 두 강좌(다른 교재로)를 강의해야 하는 경우가 많기 때문에 수업 시간도 그렇고 교재 연구 부담도 만만치 않았다.

그러다 보니 방학이 아니라, 늘 보충수업과의 전쟁이었다. 그것도 꼭 폭염과 한파가 맹위를 떨치는 한여름과 한겨울에.

날씨와 시간, 교재 연구의 부담이라는 삼중고(三重苦)로 방학 보충수업은 정규수업보다 몇 배의 힘이 든다.

정규수업은 50분에 진도의 완급 조절이 가능하고 다양한 수업 방법을 쓸 수 있어서 여유가 있다. 그러나 보충수업은 일정한 기간 안에 목표 분량을 끝내주어야 하는 부담을 안고 있어서 숨 막힐 지경이다.

90분 수업은 잠시도 쉴 틈이 없이 강의 위주로 진행된다. 짧은 시간 안에 한 가지라도 더 아이들에게 넣어 주어야 한다는 책임감에 목소리는 높아지고 빨라지며, 몸속의 에너지는 남김없이 타버린다.

그래서 보충수업 90분을 끝내고 나오면 정규수업 3시간 이상의 피곤이 엄습한다. 커피, 물, 녹차…. 계속 공급하는 수분의 힘으로 오후 1시까지 버텨야 한다. 끝나면 점심시간이지만, 맛으로 먹는 것이 아니다. 배는 고픈데 입맛이 움직이지 않는다. 거칠어진 목구멍으로 국물의 도움을 받아 간신히 밥알들을 억지로 넘기기 일쑤다.

선생 못지않게 아이들도 힘들기는 마찬가지다. 입시를 위해 방학에도 보충수업을 할 수밖에 없는 그런 아이들이 측은해 보일 때가 많다. 그들에게 방학은 그동안 쌓인 것을 풀고 비우고 부족한 것을 보충하기 위한 기간이 아니다.

경쟁자보다 더 먼저 더 많이 읽고, 쓰고, 외우며, 손가락의 굳은살이 돌처럼 단단해지도록 문제와 전쟁을 치르는 시간일 뿐이다.

그럼에도 불구하고 보충수업에 참여한 많은 아이들은 90분 강의를 거의 졸지 않고 경청하며, 묻는 말에 대답을 하거나 때로는 질문도 한다. 그러면 나는 가속 페달을 더욱 세게 밟는다. 목소리가 빨라지고 열이 오른다.

그렇게 팽팽하게 부풀어 오르는 선생과 아이들의 갈망이 교차하며 20일의 숨 막히는 보충수업 레이스는 막이 내리곤 했다.

그런데 방학 보충수업이 다 끝나면 몸과 마음이 상쾌해져야 할 것 같은데, 늘 나의 정신과 육체는 좀처럼 보충이 되지 않았다. 온몸의 에너지가 다 빠져 버린 듯한 느낌이었으며, 모든 신경망은 풀어진 그물처럼 제멋대로였다. 무엇으로 보충을 해야 할까? 이게 최대의 과제였다.

먹는 게 최고라 해서 배불리 먹어보지만 몸은 제자리로 돌아오지 않는다. 틈틈이 자는 게 제일이라 하지만 풋잠을 자고 나면 머리가 더 무거워진다. 음악이 좋을까 해서 틀어놓은 노래 소리는 저 혼자 중얼거릴 뿐이다.

휴식이 가장 좋은 보약이라는데, 남아 있는 며칠 동안의 방학 뒤에 또 찾아올 학기 중 보충수업과 에너지의 소모를 생각하면 차라리 휴식조차 거부하고 싶었다.

비단 학교만이 아니라 우리의 생활은 어디서나 이처럼 목표를 향한 끝없는 보충의 연속으로 이루어져 있다. 뱃속이 비면 밥으로 보충하고, 보일러가 헛돌면 물을 보충해 주고, 통장이 비면 돈 벌어 보충하고, 영혼이 비었다고 생각하는 사람들은 종교로 채우려고 한다.

그래서 현대인들은 서양화처럼 사는 것 같다. 제 삶의 모든 틈을 꽉꽉 채워 완벽하게 색칠하는 것이다. 조금이라도 빈 곳은 용서할 수 없다는 듯이, 빈 곳만 생기면 색깔을 칠해 놓아야 직성이 풀리고, 빈 시간이 생기면 무엇인가를 하지 않으면 된다.

분주한 거리를 걷거나 지하철을 타 보면, 거의 모든 사람들이 그 빈 시간과 공간을 잠시도 놔두지 않는 것을 쉽사리 볼 수 있다. 양손에는 무언가 가득 들려 있고, 눈동자는 전자 기기에 빠져 있고, 두 귀는 쉼 없이 쏟아지는 이어폰 속의 소리 폭포로 진동하고 있다.

가정에서 부모들은 자식들에게 끊임없는 보충을 요구한다. 공부도 보충, 운동도 보충, 독서도 보충, 생각도 보충, 영양도 보충, 글쓰기도 보충, 꿈도 보충……. 심지어 행복조차도 가르쳐서 자식의 머리 안에 빈 곳 없이 꽉꽉 채워 넣어야 한다고 믿고 있다.

끝없는 채우기의 욕망 속에서 허우적대는 현대인의 생활은 눈 깜박일 새도 없다. 고개 들어 푸른 하늘의 구름을 바라볼 생각은 아예 떠올릴 수조차 없는 듯이 보인다. 사람의 눈에서 멀어진 밤하늘의 별은 저 홀로 어둔 우주의 빈틈에서 가녀리게 흔들리고 있을 뿐이다.

왜 우리는 비우지 못하는가?

다시 선생이 되어 지난날과 같은 보충수업을 하라고 하면 단호히 거부할 것이다. 방학이니까 무조건 해야 되는 것이 아니라, 보충해 줄 것이 있기 때문에 보충수업을 하고 싶다. 내가 배움이 부족하여, 혹은 시간이 부족하여 다 못 가르쳤으므로 조금 더 배우고 가르치기 위한 진짜 보충수업을 말이다.

특히 자라나는 아이들은 더 그렇다. 부모나 교사가 하라니까, 남들도 하니까, 불안하니까 억지로 하는 보충수업이 아니라 진정 자신의 부족한 부분을 스스로 채우고 다듬기 위하여 즐거운 마음으로 보충을 해야 하지 않을까?

그런 집과 그런 학교에서는 사람의 냄새가 모락모락 피어날 것이다. 여유 있고 즐거운 마음으로 부족한 부분을 보충하노라면, 푸른 하늘을 떠가는 구름의 미소도 보이게 된다. 억지로 가르쳐 채워 넣지 않아도 아이들의 마음에는 행복의 싹이 트고 기쁨의 나무가 튼튼히 자라날 것이다.

삶의 지혜는 그런 것이 아닐까?

불필요하게 차 있는 곳은 즐거운 마음으로 비워내고, 부족한 곳은 여유 있는 마음으로 채워 나가는 생활 말이다.

변호사랑 얘기하라고?

마포구의 ㅅ중학교에 교감으로 재직할 때였다.

어느 늦은 봄날 점심시간에 생활지도부장이 교무실로 내려와서는 어이없어하는 표정을 지으며 나에게 말했다.

"교감선생님, 이런 일은 처음이라서……. 너무 어이가 없습니다."

나는 무슨 일이냐고 물었고, 부장교사는 내 옆에 앉아 자초지종을 이야기했다.

1학년 남학생 둘이 시비가 붙어 다투다가 힘센 학생이 다른 학생을 몇 대 때려서 '학교폭력' 사안이 발생했는데, 관련 학생들에 대한 사실 확인 조사를 모두 마치고 해당 학부모들에게도 사실이 통보되었다.

절차에 따라 '학폭위'(학교폭력대책위원회) 개최 날짜가 결정되었고, 이 내용을 가해자와 피해자 학생의 학부모들에게 우편과 유선으로 알려 주었다.

그런데 생활지도부장이 피해자 학생의 학부모에게 상담을 위해

전화를 걸었을 때, 피해자 학생의 어머니는 대뜸,

"저희 변호사랑 얘기하세요!"

라고 퉁명스럽게 내뱉더니 전화를 일방적으로 끊어 버렸다는 것이다.

생활지도부장은 황당하기도 하고 화가 나기도 해서 피해자 학생의 아버지한테 다시 전화를 걸었는데, 돌아온 대답은 똑같았다고 했다. '교사와는 할 얘기 없고, 변호사와 얘기하라.'는.

얘기를 듣고 난 나도 생활지도부장과 같은 느낌이었다. 그러나 둘이서 '이런 경우도 있나?' 하며 한숨만 내쉴 뿐, 어쩔 도리가 없었다. 학부모에게 이래라 저래라 충고할 수도 없는 노릇이고.

그때는 학폭위 제도가 생긴 지 얼마 되지 않은 시점이어서 학생 사안에 변호사를 선임하는 일이 처음이기도 했지만, 교사의 전화에 응대하는 학부모의 태도는 참 받아들이기 힘든 일이었다. 학생의 교육을 담당하는 선생님에게 그런 식이라니…….

다음날 그 변호사가 찾아와서는 가해 학생의 진술서를 복사해 달라고 요구했다. 법적으로 거부할 수 없어 해주었고, 사나흘 후에 그가 다시 학교로 왔다.

교감과 면담하겠다며 나한테 와서는 학생들의 진술서들을 분석(?)한 자료들을 들고서 한참 자기주장을 폈다. 얘기의 요점은 '이 학교에 조폭이 있다.'는 것이었다.

나는 너무 황당하여 도대체 무슨 근거로 그런 주장을 하느냐고 물었다. 그 변호사 말이, 첫째 아이들의 진술서에 '형님'과 같은 용어들이 많이 나오고, 모이는 장소와 시간이 일정하기 때문이라는 것이었다.

참 어이가 없어 나는 쓴웃음을 지었다. 그리고 요새 아이들은 선배한테 '형, 형님'이라는 말 쓰는 게 보통이고, 학교 끝나는 시간이 매일 일정하니 또래 아이들이 모이는 시간도 만날 똑같고, 다들 이 근처에 사니 장소 또한 자기들이 편한 데서 늘 모이는 것인데 조폭은 무슨 조폭이냐고, 변호사가 그런 정도 말을 하려고 왔느냐고 대꾸해 주었다.

그 변호사는 학폭위 때 보자며 나갔다.

학폭위가 열리는 날, 교감은 당연직 위원이어서 나는 그 자리에 참석했다. 가해자 학부모와 학생이 출석하여 진술했지만, 피해자 쪽은 학생도 학부모도 나오지 않았다. 변호사만 혼자 나와서 피해자의 입장을 진술만 하고 회의장을 나갔다. 모든 위원들은 변호사의 얘기를 듣기만 한 것이다. 상해가 발생하지 않았고, 우발적인 사안임이 인정되어 가해자에게는 경미한 조치가 내려졌다.

그런데 그 이후에 후폭풍이 거셌다. 피해 학생이 학폭위에 변호사를 보냈다는 사실이 학생들 사이에 전해졌고, 많은 아이들이 그 학생과 놀려고 하지 않게 되었다. 피해자가 오히려 따돌림을 당하는 기피 학생이 되어 버린 것이다.

그리고 얼마 후 해당 학생은 학교에 나오지 않았고, 그 학부모도 얼굴 한 번 보이지 않는 채 소리 없이 강 건너 다른 중학교로 전학을 가버리고 말았다.

학교 안에서나 밖에서나 폭력은 절대 일어나지 말아야 한다. 만약, 어쩔 수 없는 상황에서 폭력이 일어났다면, 양측 학부모 사이에 서로 이해하는 일이 매우 중요하다.

그것이 안 되면 감정싸움이 되고, 학교 안에서까지 일반사회 법정의 원고나 피고처럼 변호사까지 대동하여 '치고 박고' 하는 볼썽사나운 일이 벌어지는 것이다. 자라나는 아이들이 그와 같은 상황을 보면서 무슨 생각을 하고 무엇을 배울 것인지 안타까운 경우가 많다.

그러므로 학부모들은 자기 자녀의 올바른 성장을 위해서라도 어떤 문제가 발생했을 때는 반드시 상대방의 처지를 먼저 생각하고 이해하려고 노력해야 한다.

역지사지(易地思之)의 지혜가 그 어느 때보다 절실히 필요한 때이다.

나는 C등급 교사입니다

마포구의 ㅅ중학교에 교감으로 부임한 다음 해 봄, 교사 성과급을 정할 때가 되었다.

여느 학교들과 마찬가지로 위원회에서 절차에 따라 정한 기준에 의거하여 점수를 환산한 후 순위를 매기고, 모든 교사에게 성과등급을 문자 메시지로 통보하였다. 그때는 ABC로 등급을 표기하던 때였다.

얼마 있다가 한 중견교사가 나에게 와서 '내가 C등급이라니, 뭐가 문제인 것인가?'라며 이의를 제기했고, 나는 그의 점수를 공개해 주었다. 직무연수 60시간 이수가 만점인데, 그는 그 시간을 다 채우지 않았고, 담임교사가 아니어서 다른 교사에 비해 상대적으로 점수가 낮았다.

"나는 C등급 교사입니다."

그 이후 그는 가끔 나를 만나면 쓴 웃음을 지으며 그렇게 말하곤 했다.

물론 그는 C등급 교사가 아니었다. 각종 연수에서 다른 교사들에게 강의를 하는 강사로 활동하며, 늘 수업에 열성을 다하고, 영재교육 전문가로서 활동하는 그는 최고의 교사였다. 그래도 그의 성과급은 C등급이었다. 'C'라는 어감이 안 좋다며 나중에 당국은 'A,B,C' 대신 'S,A,B'로 바꾸었지만, 그건 도긴개긴의 꼼수에 불과했다.

매년 성과급 관련 회의를 하거나, 순위가 매겨질 때마다 많은 교원들이 씁쓸함을 금하지 못하고 있는 것이 교육계 현실이다. 그러다 보니 매년 교원 성과급에 대한 개선이나 폐지를 요구하는 내부의 목소리가 끊이지 않고 있다.

문제는 무엇인가?

객관성을 확보한다는 명목으로 만들어진 대표적인 기준으로 수업시간과 개인 직무연수 시간이 있다.

대부분의 학교가 수업시간을 성과급의 한 기준으로 삼고 있는데, 그것은 본질적으로 성과가 될 수 없다. 중등학교는 교과마다 교사 정원이 다르고, 이미 학년이 시작되기 전에 정해진 18시간과 20시간이 어떻게 성과일 수 있는가? 수업의 성과는 산술적 시간으로 점수를 매길 수 있는 것이 결코 아니다.

또 개인 직무연수 이수 시간을 전문성 향상의 기준으로 하고 있는데, 이를 테면 연간 60시간 이수면 만점이고, 그에 못 미치면 감점한다. 개인 직무연수는 교원마다 다른 수준과 경력, 그리고 필요와 판단에 따라 하는 것이지 반드시 몇 시간까지 해야 하는 것이 아니므로, 이는 반교육적이기까지 하다. 연수를 받았다고 해서 성과가 나온다는 것도 이치에 맞지 않다.

담임교사, 혹은 보직교사에게 가산점을 부여하는 기준도 타당성이 결여되어 있다. 담임교사 수당이나 보직교사 수당이 지급되고 있으며 승진 가산점도 부여되고 있기 때문이다. 또 많은 학교들이 업무 강도를 성과급에 반영하기도 하는데, 이 또한 업무 성격과 내용이 일률적이지 않아 기준을 정하기 위한 구색 맞추기에 다름 아니다.

가장 이상한 기준은 공개수업 실시 교사에게 가산점을 주는 경우이다. 기피하는 업무를 맡았다고 가산점을 주는 것인데, 이것은 교원으로서 참 부끄러운 일이다. 남들이 기피하는 업무를 떠맡는 것이 개인 성과라니…….

그 외에 결근하거나 연가를 쓴 교사 점수 깎기 등도 있으니, 성과급 등급 높게 받으려면 억지로 출근해야 할 일이다. 옛날에 일부 학교에서 '무결석 학급' 표창 제도가 있어, 어떤 담임교사는 무결석 학급을 유지하기 위해 입원한 학생까지 업고 등교시키는 일까지도 있었는데, 참으로 폭력적인 제도였다고 하지 않을 수 없다. 병으로 결근한 교사에 대한 감점, 그것과 무엇이 다른가?

그런데 이러한 기준을 만드는 당사자가 바로 교사 자신들이다. 그러다 보니 일부 교사들은 찝찝함을 넘어 자괴감까지 든다고 하소연한다.

결론으로 말하면 교원 성과급 제도는 폐지해야 한다.

국가 무한경쟁 체제를 내세웠던 김대중 정부가 교원 정년 단축에 이어 2001년 '교원의 전문성 향상과 사기 진작'를 목적으로 도입한 교원 성과급제는 실패했다고 본다. 왜냐 하면 그 목적이 이루어지지 못했기 때문이다.

그동안 수많은 갈등과 불편함을 감수했던 현장 교원들이 한목소리로 새 정부 들어 국민청원까지 올리며 폐지를 원하는 것은 다 타당한 이유가 있는 것이다.

교육은 자동차 몇 대를 더 팔고, 보험 가입자 몇 명을 더 늘리고, 상품 몇 개를 더 팔아 회사의 이윤을 높이는 것과 같은 경제적 성과를 추구하는 영역이 아니다.

서울의 어떤 고등학교에서는 학교 성적, 즉 일류대학 진학률을 높이려고 지방에 가서 성적 우수한 학생을 모셔와 집까지 얻어주고 학비 전액 장학금까지 주는 일을 벌이기도 하였다. 이것이 무슨 성과인가?

교육은 인간관계와 문화와 인성을 다루는 일이며, 눈에 보이지 않는 희망을 심고 가꾸는 일이며, 현재의 행복과 미래의 꿈을 다루는 일이다. 그러므로 교원의 전문성 향상과 사기 진작은 정부나 당국의 머릿속으로 계산하거나, 보수를 차등 지급하여 추진하는 일회적 사업이 아니다. 그것은 전적으로 교육의 현장에 맡겨 둘 일이다.

언제인가 교육당국자들의 모임에서 한 최고 책임자가 건배사를 '우문현답!'이라고 외치면서 이렇게 말하는 것을 본 적이 있었다.

"우리들의 문제는 현장에 답이 있습니다!"

지당한 말이다. 대부분의 교원들이 불편해 하고 있는 제도는 폐지하는 것이 옳다. 현장이 답이다.

마른 미역과 카네이션

초등학교 4학년 때였다.

젊은 남자 선생님이 담임이 되었는데, 섬에서는 들어보지 못한 말을 쓰시는 것이었다. 나중에 알고 보니 그건 경상도 사투리였다. 선생님은 자신을 총각이라고 했고, 어떤 절에서 방을 얻어 산다고 했다.

반 아이들은 처음에 선생님이 무척 어색해서 가까이 가지도 못하고 쭈뼛거리곤 했는데, 선생님이 먼저 우리들에게 다가와 장난을 걸고 놀아주기 시작하자, 한 달쯤 지나고 나서부터는 교실이 딴판이 되었다. 놀이터가 따로 없었다.

선생님은 늘 우리들이 원하는 대로 수업을 하셨다.

산수 시간에 축구 하고 싶다면 바로 운동장으로 나가서 땀을 흘리며 뛰게 해 주었고, 여름날 오후에 수업하다가 우리들이 덥다고 아우성치면 바로 책을 덮으라고 하셨다. 그리고 선생님과 우리들은 바닷가까지 달음박질했다.

물이 빠져 나간 성산포 앞바다에서 우리들은 선생님과 함께 바닷물에서 해수욕을 즐기고, 모래밭에서 조개를 캐어 까먹고 바위틈에서 성게를 찾아 돌멩이로 껍질을 깨어 쌉쌀한 살을 빨아 먹었다. 그러다 보면 어느덧 해는 수산봉을 붉게 물들이며 넘어가고 있었다.

선생님은 담배를 즐겨 피우셨는데, 우리나라는 자원이 귀하니 성냥개비 하나라도 아껴 써야 한다면서 볼록렌즈로 담뱃불을 붙이곤 했다. 남자 아이들이 쉬는 시간마다 선생님의 담배에 볼록렌즈로 불을 붙이려고 아우성을 치면, 선생님은 웃으며 줄을 서라고 했다.

집에 가기 싫은 학교생활이 나날이 이어졌다. 섬 아이들은 행복했다.

5월 어느 날, 아마 그 시절 처음 시행된 스승의 날 무렵이었을 것이다.

어스름 녘에 동네 공회당 마당에 우리 반 아이들 대여섯이 모였다. 나는 마른 미역 한 다발을 가지고 나갔는데, 어떤 아이는 좁쌀 담은 봉지를, 어떤 아이는 말린 생선 두어 마리를 가지고 나타났다. 사이다 병을 든 아이도 있었고, 무슨 젓갈 냄새가 나는 그릇을 든 아이도 있었다.

우리들은 어두워지는 동네 안길을 지나 선생님이 살고 계신 절이 있는 마을로 향했다. 보랏빛 하늘에는 성급한 별들이 먼저 나타나 미소 짓고 있었다. 생전 처음 선생님 댁을 찾아간다는 사실에 나는 가슴이 두근거렸다. 다른 애들도 그랬을 것이다.

우리들이 선생님이 자취하고 있는 절에 이르렀을 때에 이미 어둠은 사방을 덮고 있었고, 밤하늘은 수많은 별들의 잔치판이었다.

절 안에 들어서자마자 초입에 있는 방에서 선생님이 나타나셨는데, 잠옷을 입고 있었다. 매일 양복 입은 모습만 보다가 잠옷 입은 선생님 모습을 보니 왠지 우습기도 했으나, 더 친근함이 느껴졌다.

뜻밖의 방문에도 우리를 반갑게 맞이해 주신 선생님은 좁다란 방안에 둘러앉은 우리들에게 여러 가지 재미있는 얘기를 들려주었고, 유명한 서양화가의 그림들을 보여주기도 했다. 그때 나는 미켈란젤로의 '천지창조'를 처음 보았는데, 매우 충격적이었던 기억이 생생하다.

선생님은 우리들에게 절도 구경시켜 주었다. 절에는 범종이 있었는데, 누군가 치고 싶다고 하자, 선생님은 다 같이 들어가 쳐 보자고 하였다. 우리들이 모두 당목을 잡고 세게 종을 치는 순간 '댕~' 하는 소리가 어찌 크던지 모두 깜짝 놀랐다. 그런데 문제는 그 다음에 일어났다. 한 스님이 급히 달려오더니 선생님을 막 나무라는 것이었다. 우리들이 너무 민망해하자, 선생님은 멋쩍게 웃기만 했다. 마치 아이처럼.

선생님과 작별하고 돌아오는 길.

나는 부풀어 오르는 마음을 가눌 길 없었다. 내가 드린 마른 미역으로 미역국을 맛있게 끓여 드시면 좋겠다고 생각했다. 어쩌면 선생님이란 말이 나의 가슴에 씨가 되어 들어온 날이었는지도 모르겠다.

요즘은 '부정청탁 및 금품등 수수의 금지에 관한 법률'(일명 '김영란법')이 시행되고 있어, 학생들은 학교 선생님에게 마른 미역 같은 물건은 물론 카네이션(심지어 종이로 접은 것까지도) 한 송이도 드릴 수 없는 시대가 되었다. 이런 세태가 문명의 발전인지 의심스럽다.

옛날의 '마른 미역'은 선생님에게 존경의 마음을 전하는 '문화'의 상징이었으나, 지금의 '카네이션'은 '부정청탁'의 상징으로 타락하고 말았다.

인간의 선한 자유의지와 순수한 정서까지 옭아매는 법이란 과연 누구를, 무엇을 위한 것인지 그 '법'을 향해 되묻는 오늘이다.

뉴욕에서 온 메일

인생에서 인연이란 참 신기한 데가 있다. 불교에서는 현생에서 옷깃 한 번 스치려면 500겁 생의 인연이 있어야 가능하다고도 한다. 그러니 부모 자식 간이나 부부 간, 친구 간, 사제 간의 인연은 얼마나 소중한 것인가.

나는 평생 교직생활을 하면서 수많은 학생들과 만나고 헤어지기를 반복했다. 그런데 젊은 날엔 인연의 소중함을 미처 모르고 함부로 학생들을 대하거나 그들의 아픔을 이해하고 공감해 주지 못했던 적이 많았다. 지금 생각하면 후회스럽고 안타까운 날들이었다.

1990년대 후반 나는 한 문학 관련 인터넷 동호회에 가입해서 활동하고 있었다. 그런데 어느 날 누리집 게시판에 '선생님께'라는 제목으로 올라온 글이 있기에 열어 보았다. 그것은 예전에 근무했던 여자 중학교에서 담임했던 진이(가명)라는 여학생이 올린 메일이었다.

'……여긴 뉴욕이에요. 선생님 중3 여학생을 기억하시나요? 저는 언니와 함께 외국인들의 손톱 다듬어 주는 일을 하고 있어요. 잘 지내고 있습니다…….”

이런 내용의 글을 읽으며 나는 진이의 학교생활을 회상해 보았다.

중3 담임을 맡고 처음 본 진이(가명)는 좀 작은 키에 깡마른 편이었다. 다른 여학생들에 비해 창백한 얼굴이었지만, 부끄러운 듯 배시시 웃는 표정이 선해 보이는 아이였다. 맡은 일도 잘하고 인사성도 바른 평범한 여학생이었다.

그런데 5월 어느 날 진이는 학교에 며칠 나오지 않았는데, 알고 보니 가출 경험이 있는 어떤 아이를 따라 가출한 것이었다. 그 소식을 전하며 남루한 차림의 진이 어머니는 교무실에서 눈물을 훔치며 나쁜 일이 있을까 봐 걱정스러운 표정을 감추지 않았다. 나는 아무 일 없을 테니 안심하시라고 말씀드렸다. 하지만 내심 나도 불안하는 마찬가지였다.

거의 한 달 만에 진이는 다른 아이와 같이 학교에 나타났는데, 이전의 보통 여학생 모습이 아니었다. 얼굴에는 화장기가 있었고, 날 제대로 바라보지 못했다. 밝은 표정도 사라졌고, 손에선 담배

냄새도 났다. 몇 번의 대화에서 진이는 속마음을 말하지 않았고, 나는 의례적인 훈계로 일관했다. '중학교 졸업장은 따야 한다. 너 그러다 고등학교 못 간다.'는 식의.

2학기가 되었다. 학교에 잘 나오고 있어서 나는 진이에 대해 별 관심을 갖지 않았다. 그러던 늦가을 어느 날; 진이는 다시 가출했다. 그때서야 나는 진이에게 더 많은 관심을 갖지 못한 것을 후회했지만, 이미 늦었다. 겨울방학이 되고, 결석일수가 한계에 도달하도록 진이는 다시 돌아오지 않았다.

졸업식 날이었다. 졸업생들이 모두 떠난 후 찜찜한 마음으로 있었는데, 갑자기 진이 어머니가 교무실로 나를 찾아왔다. 몹시 추워 보이는 그녀는 손에 들고 있던 신문지로 꼭 싸맨 무언가를 나에게 내밀었다. 풀어 보니 그것은 따뜻한 음료 한 병이었다. 나는 그녀 앞에서 그것을 단숨에 마셔 버렸다.

"고마웠습니다, 선생님."

그녀의 말에 나는,

"아닙니다. 죄송합니다."

라고 대답하고는 진이의 졸업장을 드렸다. 그녀는 딸의 졸업장을 두 손으로 잡고 눈물을 흘렸다. 그리고는 늦겨울바람이 일렁이는 교정을 천천히 가로질러 떠나갔다.

옛 생각에 빠져 있다가 나는 게시판에 '반갑다. 기억난다.'는 취지의 답을 남기고 나의 이메일 주소를 알려 주었다.

그 후 진이와 나는 몇 번의 이메일을 주고받았다. 그러나 어떤 과정으로 뉴욕에 가게 되었는지 나는 묻지 않았고 진이도 그런 얘기는 하지 않았다. 현재 생활에 대해서만 이야기했다. 진이는 자기 생활에 만족하고 있으며, 서울에 오고 싶다는 등 포부도 밝혔다.

그리고 어느 날 나는 서울에 오면 연락하라고 메일을 보냈다. 하지만 그에 대한 진이의 답은 오지 않았다. 진이는 어디로 갔을까? 아직 뉴욕에 있을까?

한 번 맺은 인연으로 모든 사람을 죽을 때까지 계속 만날 수 있으면 좋을 것 같지만, 회자정리(會者定離)란 말과 같이 인연은 때로 덧없음이 본질일 때가 많다.

그래도 가끔은 뉴욕에서 온 메일을 기다리기도 한다. 이것이 삶이니까.

면역력을 기르자

지금은 아기가 태어난 지 일 년 정도 되면 모두 예방주사를 맞히므로 예전처럼 홍역으로 '홍역을 치르는' 일은 거의 찾아볼 수 없다. 그런데 옛날 워낙 가난했던 나의 어린 시절에는 홍역 예방주사를 맞히는 집이 거의 없었다.

온몸에 열꽃인 붉은 반점이 생기고 숨넘어갈 정도의 고열이 생기는 홍역은 내가 살던 섬마을에서는 샛바람이 강하게 부는 사월에 많이 유행하였다. 어린아이들이 홍역에 걸리면 자연히 낫기도 하였지만 죽는 아이도 적지 않았다.

내가 두 살 때 봄에 홍역을 앓다 심한 고열 때문에 숨이 넘어갔었다는 이야기를 열두어 살 무렵 어머니한테 들었다.

첫아들인 내가 홍역에 걸리자 어머니는 온통 진달래꽃처럼 붉은 반점으로 뒤덮인 새끼의 몸뚱이를 그저 물수건으로 닦거나, 우물물 떠놓고 밤새 삼신할망에게 빌기만 하였다고 한다. 그러나 그런 어머니의 정성도 아무 소용이 없었는지, 나는 고열로 가사 상태에 빠졌던 모양이다.

당시 서점을 운영하던 이십 대 중반의 젊은 아버지는 지금 생각해 보면 철이 덜 들었던 것 같다. 일시적으로 숨이 넘어간 내가 진짜 죽은 줄 알고 어디 바닷가 근처의 언덕에 묻어 버리겠다고 하면서 친구 몇을 불러 술까지 드셨다고 한다. 아마 충격을 받아 그랬을 것이다.

술이 거나해진 아버지는 이렇게 말했단다.

"애새끼는 또 나으면 돼."

내가 그 말을 듣고 화를 냈던 것일까? 포대기에 쌓여 묻히러 가기 직전 내가 갑자기 자지러지게 울어댔다는 것이다. 첫아들을 잃은 절망감에 실신 지경이었던 어머니는 그 순간 너무 놀라 마구 소리를 질렀으며, 아버지한테 심하게 화를 냈다고 한다.

만약 그때 울지 않았더라면 나는 일출봉이 바라다 보이는 바닷가 어딘가에 묻혀 유채꽃 한 송이로 피었을까? 아니면 유채꽃 위를 팔랑거리는 흰나비가 되었을까?

한참을 울고 난 후 열이 내리기 시작하더니, 나의 몸에 피었던 진달래꽃들은 거짓말처럼 시들어버렸단다. 홍역에서 벗어난 나는 다시 건강하게 어머니의 젖을 물었으며, 큰 병치레 없이 유년기를 보냈다.

몹시 애를 먹거나 어려움을 겪을 때 우리는 '홍역을 치르다.'라고 한다. 그리고 한 번 홍역을 치르고 나면 면역력이 생겨 다시는 그 병에 걸리지 않는 것처럼, 사람들은 인생에서 홍역과 같은 어려움을 겪고 나야 성숙해진다고들 한다.

살다 보면 누구나 예상치 않은 신체적·정신적 고통을 겪을 때가 있다. 그로 인하여 절망에 빠지기도 하고, 심지어 죽음을 생각하기도 한다. 하지만 그 고통을 이겨내면 우리의 몸과 마음은 강한 면역력을 갖게 된다. 어떤 어려움이 다시 찾아와도 이겨낼 힘이 생기는 것이다.

요즘은 세상이 너무나도 편리해지다 보니, 자라나는 아이들이 의존성이 심화되고 인내심이 없다고들 걱정한다. 육체적으로 조금만 힘들어도 견디지 못하고, 미약한 감기 증세나 머리 아픔에도 먼저 약부터 찾는 경우가 허다하다.

그러다 보니 신체적·정신적인 면역력이 저하되어 시대는 발달하고 있지만 아이들의 잔병치레는 더 많아지고, 지식과 정보는 넘쳐나지만 스스로 문제를 해결하지 못하고 좌절하는 일이 많다.

자라나는 우리 아이들이 강한 면역력을 가질 수 있도록 가정과 사회의 각별한 관심이 필요한 때가 아닌가 한다.

누구든지 현재 자신이 어려움에 처해 있다고 생각된다면, '아, 지금은 면역력을 기를 수 있는 좋은 기회이다!'라는 적극적이고 도전적인 마음을 갖자.

그런 마음으로 어려움을 이겨나가고자 최선을 다한다면 얼마든지 위기는 극복될 것이며, 어떤 어려움이 닥쳐도 쓰러지지 않는 강한 면역력이 길러질 수 있을 것이다.

기억하지 못하는 과거는 반복된다

고향이 제주도라고 말하면 대부분의 사람들은 나에게 '참 좋겠네요.'라고 반응한다. 수많은 국내외 관광객이 찾는 화산섬으로 천혜의 자연 경관과 깨끗한 공기와 물, 육지와는 다른 생활환경을 가진 제주도에 대한 찬사와 부러움의 표현이다.

그러나 제주도는 비극의 땅이다.

열 살 무렵이었다.

일출봉 앞바다에 샛바람이 세던 어느 봄밤에 어머니는 흔들리는 호롱불 아래에서 바느질을 하며 나에게 혼잣말하듯이 중얼거리셨다.

"그해 섣달 초나흗날, 난리가 났다. 이장하고 동네 사람들 한 스무 명이 사흘 전 군인들한테 끌려갔는데, 우뭇개에서 다 죽였다고… 총인지, 죽창인지… 네 외삼촌이 달려가서 피투성이 외할아버지를 업고, 눈물 참으며, 안 죽은 걸로 하고… 집에 모시고 왔다. 벽에다 외할아버지를 기대어 앉혀 저녁밥상 올리고, 숭늉 올리고, 자리 깔고 주무시라고 문 닫고……. 한참 있다가 외삼촌이 방에 들어가 소리쳤다. 아버지 돌아가셨다고. 그제야 모두 곡을 시작했다. 그날 너의 샛아버지도 돌아가셨다. 그래서 제삿날이 같다……."

그날 이후에도 어머니는 가끔 당신이 열여섯 살 무렵에 겪었던 이야기를 들려주곤 하셨다.

해방 후 어느 해에 많은 사람들이 죽은 이야기, 남자들과 인근 동네 처녀들까지도 읍내 초등학교에서 군인들이 강제로 군사훈련을 시켰다는 이야기, 동네 누구네 아버지가 다리를 절룩거리는 건 그때 총에 맞아 그렇다는 이야기, 내 '외하르방(외할아버지)'과 '샛아방(둘째 큰아버지)'도 그때 같은 날 돌아가셨다는 이야기 등.

어릴 적에 들었던 이런 단편적인 옛날이야기들을 나는 자라면서 거의 잊어버렸다. 그런데 대학 졸업 후 취업할 무렵, 내가 이른바 '연좌제'에 걸려 있다는 것을 알게 되었을 때 그 옛이야기들은 나의 심연에서 떠오르기 시작했다.

그때 나는 비로소 '4.3 사건'의 실체에 대해 접근하기 시작했다. 그리고 어린 시절 어머니에게 들었던 그 이야기 조각들은, 일제의 식민통치, 해방과 분단, 이념적 갈등이라는 한반도의 뼈아픈 현대사 속에서 발생한 제주도 역사의 비극적인 실체로서 내 앞에 나타났다.

제주도 출신의 아버지를 둔 오사카 태생의 재일교포 작가 김석범(본명: 신양근)의 대하소설 '화산도'를 읽으며, 나는 아직도 분명한 제 이름을 갖지 못한 채 '4.3 사건'이라 불리는 그 죽음의 시절을 절절한 분노로써 체감했다.

그리고 그 체감은, '4.3 사건'이 제주도라는 한 지역에 국한된 지엽적 문제가 아니라 지금도 여전히 지속되고 있는 이념적 질곡으로서의 우리 현대사의 한 지체임을 이해하게 했다.

세월이 흘러 '4.3사건'이 국가 차원의 문제로서 인식되기 시작하는 것을 보면서 나의 내적 상처는 조금씩 아물어 갔다. 그리고 고교의 문학 수업시간에 현기영의 '순이 삼촌'을 교재로 강의할 수 있게 되면서부터, 나는 외할아버지와 둘째 큰아버지의 죽음을 우리 현대사 속의 한 비극적 증거로서 담담하게 이야기할 수 있었다.

나는 교실에서 10대들에게 말하곤 했다. 그러한 비극을 되풀이하지 않기 위해, 다시는 갈등과 대결의 역사를 만들지 않도록 모두 함께 상처 치유를 위한 행동을 하지 않으면 안 된다는 사실을.

또한 나는 제주도에 대해 묻는 사람들에게 이야기한다. 제주도의 '4.3 사건'은 잊어버려도 그만인 흥밋거리가 아닌, 엄연한 현대사의 상처임을. 또한 특정 지역의 특별한 체험이 아니라, 분단의 땅을 살아가는 모든 공동체의 보편적 현실임을.

이제 상처의 치유와 갈등의 해결은 온전히 현재를 살아가는 우리 모두의 몫일 수밖에 없다. 어떤 이는 '아픈 과거를 빨리 잊자.'고도 한다. 그러나 상처는 잊으려 한다고 해서 쉽게 잊히는 것이 아니다.

오히려 아픔의 원인과 과정을 기억하고 기록함으로써 다시는 그러한 아픔이 되풀이되지 않도록 지혜를 모아야 한다. 또한 문제해결을 위한 실천적 행동에 나서는 것만이 치유의 지름길일 것이다.

스페인 태생으로 20세기 초 미국의 하버드대학 철학교수였던 조지 산타야나 명언이 오늘날 우리에게 깊은 울림으로 다가오는 이유도 여기에 있다.

'과거를 기억하지 못하는 자들은 그것을 반복하기 마련이다.'

눈물로 비빈 해초 비빔밥

1960년대는 '보릿고개'라는 말이 상징하듯, 대다수 서민들은 먹고 살기가 어려운 시대였다. 오죽하면 '이팝(쌀밥)에 고기' 먹어 보는 것이 꿈이었을까? 요즘 같은 '먹거리 전성시대'에는 상상이 안 되는 이야기이다.

나는 어릴 때 제주도 성산읍에서 살았다. 아버지는 육지로 나가 계셨고, 해녀였던 어머니가 물질과 밭일을 하시며 4남매를 키우셨다. 우린 늘 배가 고팠다. 여름철에는 꽁보리밥을 간신히 먹었고, 가을과 겨울에는 조밥이나 고구마로 끼니를 때웠다.

명절이나 제삿날이 되어서야 쌀밥을 구경할 수 있었는데, 그것도 보리가 많이 섞인 밥일 경우가 많았다. 제주 사람들은 쌀밥을 '곤밥'이라 불렀다. 너무나도 먹고 싶어서 '고운' 밥. 그렇게 생각해서 지어진 말일 것이다. 일 년에 두어 번 먹는 '곤밥'은 입안에 들어가면 씹을 겨를도 없이 목구멍을 넘어가 버리곤 했다. 밥알 한 톨도 남김없이 깨끗하게 밥그릇을 비우고 나면 왜 그리도 아쉬운지….

열 살 무렵, 봄비 내리는 날이었다. 어머니는 보리밥이 조금 담긴 그릇에 삶은 '톨'(해조류인 '톳')과 된장을 넣고 비비시더니, 이거라도 먹으라고 내 놓으셨다. 나는 맛있게 먹었는데, 이상하게도 어머니는 돌아서서 눈물을 훔치고 계셨다.

어머니가 왜 그러셨는지 나는 세월이 한참 흐른 후에야 알았다. 자식들에게 '곤밥' 한 끼 못 먹이는 어미의 심정을.

그 가난했던 시절, 내가 먹은 것은 '해초 비빔밥'이었다. 언젠가 해초 비빔밥을 잘하는 음식점이 있다고 해서 선생님들과 별미로 먹으러 간 적이 있었다. 모두들 건강에 참 좋다고 하면서 해초비빔밥을 맛있게들 먹었다.

나는 여러 가지 해초 중에서 혹시 '톨'이 있나 보았지만 없었다. 그런데 그 해초들을 바라보노라니 불현듯 어린 시절, 어머니가 눈물로 비벼 주시던 '톨 비빔밥'이 떠올랐다. 가난해서 끼니를 때우려고 먹던 옛 음식이 이제는 별미 건강식이라니…. 격세지감이 들었다.

그런 옛 추억을 재미삼아 하였더니, 여선생님들이 깔깔대며 웃는다.

"가난해서 해초비빔밥을 먹었다고요?"

"그래서 피부가 좋고 건강하신가 봐요?"

나는 빙그레 웃었다. 그러고 보니 그렇기도 하다는 생각이 들었다.

옛날 가난했던 시절의 음식들이 요새는 오히려 어엿한 토박이 음식으로 대접받은 일이 많아졌다. '웰빙'이라는 건강 지상주의 시대에 자연식을 바탕으로 지방 특색을 살린 옛 음식들에 대한 사람들의 관심도 높아진 것이다.

어린 시절 내가 먹었던 '톨 비빔밥'은 지금 생각해 보면 참 고마운 밥이었다는 생각이 든다. 뜻하지 않게 어머니는 어린 자식들에게 제일 좋은 건강식을 해 주셨던 것이다.

음식 문화는 없던 것을 새로 만들어내는 것이 아니라 잊어버리고 있던 것, 무관심했던 것을 다시 애정 어린 마음으로 찾아내는 것이란 생각이 든다. 모든 문화의 속성이 그런 것이 아닐까?

오늘은 집에서 바다 향기 가득한 해초 비빔밥을 해 먹고 싶다.

착한 에너지, 마소의 똥

나는 어릴 적에 아이들과 같이 한여름 대낮에 소쿠리를 들고 쇠똥이나 말똥을 주우려고 땀 뻘뻘 흘리며 온 동네를 돌아다니곤 했다. 마을 안길, 연못가, 밭으로 가는 길, 외양간 근처 등에 여기저기에 보물처럼 숨어 있는 그것들은 먼저 차지한 놈이 임자였다.

아홉 살쯤 외할머니가 처음 그걸 주워 오라 했을 때 나는 너무 싫었다. 냄새 때문이었다. 그런데 막상 그걸 주워보니 신기하게도 똥내가 안 났다.

마소들이 걸으며 싸 놓은 그것들은 내 키만 한 높이에서 떨어져 동글납작해진 후 햇볕에 잘 말라 가벼웠고, 똥내 아닌 풀 냄새가 났다.

한나절을 열심히 뙤약볕 아래 뛰어다니면 한 소쿠리 가득했다. 할머니는 그걸 제주도 식 온돌 아궁이인 굴묵 곁에 쌓아 놓았다. 무얼 하려는 걸까? 어린 나는 궁금해졌다.

겨울바람이 올 때쯤 나는 비로소 그 쓰임새를 알게 되었다. 초가 안채 오른쪽 끝에 굴뚝이 있었는데, 저녁 무렵 할머니는 매캐한 연기를 피워내며 검불로 불을 댕긴 후 굴뚝 안으로 그 쇠똥과 말똥들을 던졌다. 그것들은 시뻘건 불길로 타오르며 초가의 온돌을 덥혀 주었다.

이불이 깔린 아랫목이 뜨거워지면, 나는 동생들과 이불 속에 발을 담그고 고구마를 말린 빼때기를 씹었다. 겨울 밤 내내 쇠똥, 말똥 덕에 우리는 참 따뜻하고 행복했다.

소와 말은 섬의 풀을 뜯어먹으며 자랐고, 그들이 내놓은 햇볕 먹은 똥 에너지를 태워 사람들은 생명을 유지했고, 쇠똥과 말똥의 불꽃이 사그라져 나온 재는 다시 섬의 풀과 곡식들이 먹고 컸다. 사람들은 또 그 식물을 먹으며 살과 피를 만들었다.

자연의 완전한 순환 속에서 섬의 동식물과 사람들은 모두 함께 건강하게 태어나고 자랐다. 쇠똥과 말똥은 섬의 생명을 키우는 착한 에너지였던 것이다.

미래의 '탈 원전' 시대를 지향하는 우리는 다시 완전한 생명의 에너지인 자연에 눈을 돌려야 하지 않을까?

태양과 바다, 바람과 동식물 등 모든 자연물은 인간만이 향유하고 먹어 치워버리는 소비재가 아니라, 이 땅에 공존하는 모든 생명체를 위한 에너지임을 재인식하는 일이 무엇보다 필요한 때이다.

어릴 때부터 그러한 교육이 이루어질 때 '탈 원전'은 단순한 에너지 정책의 변화만이 아니라, 생명체에 대한 근본적 인식의 변화를 이끌어 낼 수 있는 가치관으로 자리 잡게 될 것이다.

그것이 바로 우리 모두가 진정으로 잘 사는 길이다.

도새기 이야기

지금은 전설 같은 얘기가 되었지만, 삼십여 년 전까지도 제주도에는 이른바 '똥돼지'를 기르는 집이 많았다. '똥돼지'란 말은 나중에 육지 사람들이 붙인 것이고, 우리는 그냥 '도새기'라고 불렀다.

구멍 숭숭 뚫린 돌들을 쌓아 만든 제주의 재래식 화장실인 '통시'는 지붕이 없는 개방형이라서 볼일을 보려고 앉으면, 하늘과 구름이 머리 위로 환히 보이고 돌 틈에선 바람도 솔솔 불어왔다.

우리 안에서 쉬고 있던 시커먼 도새기는 인기척을 감지하자마자 주둥이를 킁킁거리며 기어 나온다. 그리고는 엉덩이 아래쪽으로 와서는 침을 흘리며 '먹을거리'가 나오기를 기다린다.

때로는 배가 고파 성질이 급해진 놈이 엉덩이 쪽으로 주둥이를 돌진해 오는 통에 볼일 보다 화들짝 놀라 일어설 때도 많았다. 어린 애들은 도새기가 무서워서 통시에 오르지 못하고 마당에다 볼일을 보기도 했다.

꽃바람 이는 봄날 읍내 장터에서 사온 새끼 도새기는 똥만 먹는 게 아니라 음식찌꺼기나 파래 같은 해산물도 가리지 않고 잘 먹으면서 봄부터 겨울까지 무럭무럭 몸집을 키워갔다.

봄부터 가을까지는 농사를 짓고 바다에 나가 일을 해야 하는 제주도에서는 겨울철이 결혼 성수기였다. 그래서 겨울이면 섬마을 여러 집에서는 결혼식이 열리고, 잔치에 쓰일 도새기 잡는 일이 빈번해진다.

결혼식 사흘 전 도새기를 잡아 나누어 먹으며, 친척들과 온 동네 사람들은 결혼식까지 '가문 잔치'를 벌인다. 마을 공동체의 한바탕 잔치판이 벌어지는 것이다. 사람들은 너나없이 행복했고, 평소 고기 맛을 못 보던 아이들에게는 잔치 기간이 천국에서의 나날이나 다름없었다.

돼지고기와 막소주에 불콰해진 어른들은 마을 곳곳에서 멍석을 깔고 내기 윷판을 벌였고, 아이들은 탱탱한 돼지 오줌보로 축구를 즐기며 신나는 겨울을 보냈다.

사람과 자연이 함께 기른 그 시절의 도새기 고기 맛을 세상의 어떤 고기 맛에 비기랴! 요즘 제주도에서 맛있다고 사람들이 많이 찾는 토종 흑돼지를 먹어 봤지만 옛날 맛에 비하면 어림도 없다.

'도새기 문화'는 거칠고 척박한 화산섬에서 오래 세월 발붙이고 살아온 제주 사람들의 지혜가 만들어낸 삶의 방식이다. 사람은 자연이 만들어 준 것을 먹고, 식물과 동물은 사람이 내놓은 것을 먹고 자라는 완전한 상생. 그것은 바로 생명의 섭리, 즉 위대한 순환이었다.

생태계 파괴와 유전자 변형 농산물의 범람, 구제역과 조류독감 등 각종 재해와 질병 속에서 인간과 동물이 함께 고통 받고 신음하는 오늘날이 도새기를 직접 기르며 먹던 그때보다 과연 진보한 시대인지 의문이 든다.

3부

기행문

남도문학의 향기를 따라서

[기행문]
남도 문학(南道文學)의 향기를 따라서

출발

1월 19일 새벽. 여정을 앞두고는 언제나 그렇듯 잠을 설쳤다. 베란다의 창문을 열었다. 차가운 겨울 공기가 폐부에 스민다. 남도의 땅 끝에서부터 올라온 바람인 듯 냉기 속에서도 부드러움이 느껴진다.

북엇국에 밥 한 술 넘긴 후, 우리 국어과교육연구회가 주관하는 문학기행 연수에 쓰일 60권의 묵직한 교재를 들고 집을 나서니, 내 마음은 벌써 해남의 넘실거리는 푸른 물결을 향하고 있었다.

6시 30분. 집합 장소인 압구정동 ㅎ백화점 공영주차장에 도착했다. 우리 일행을 태우고 갈 버스는 아직 나타나지 않았다. 어두운 주차장을 서성거리며 일찍 도착한 몇몇 선생님들과 인사를 나누었다. 얼굴들은 잘 안 보였지만 들뜬 말투에서 여정을 기다리는 그들의 기대감이 느껴졌다.

7시 10분 전. 드디어 우리를 태우고 갈 버스가 주차장 안으로 들어오는 모습이 보였다. 운전기사는 예상한 대로 이 기사님이었다. 5년 동안 우리 연구회의 문학기행 연수와 함께 해온 베테랑 기사를 만나니 마음 든든하였다. 나는 이 기사님과 재회의 반가운 악수를 나누었다.

재무 담당 박 선생님이 흰 승용차에 먹을 것을 잔뜩 싣고 나타났다. 연구회의 재정을 도맡아 관리하는 박 선생님은 갑자기 시어머님이 아프셔서 이번 연수에 함께하지 못한다고 한다. 모두 박 선생님을 위로하며 아쉬움을 달랬다.

연구회의 임원진을 제외하고는 겨울연수에 처음 참여한 선생님들이 대부분이다. 서로 처음 보는 얼굴들이라 조금은 긴장도 하고 서먹해 보이기도 한다. 하지만 여정이 끝날 때쯤이면 모두 한마음이 될 것이다. 나는 그것을 안다. 그동안 늘 그래 왔으니까. 여행은 사람의 마음을 얼마나 넓게 해주고 얼마나 따스하게 해주는 것인가!

문학기행 연수에 참가하는 선생님들이 차례로 하얀 입김을 내뿜으며 승차할 때마다 버스 안은 출발의 기대감으로 점점 충만해졌다.

7시 30분을 조금 넘긴 시각, 어둠이 채 가시지 않은 서울 도심의 미명을 가로지르며 우리 일행은 남도 문학의 향기를 따라가는 대장정에 올랐다.

1박 2일 동안 서울에서 땅끝마을 지나 보길도까지, 뭍을 지나고 물길을 건너 다녀와야 하는 빡빡한 일정을 생각하니 나는 진행을 맡은 총무로서 걱정이 앞선다. 날씨가 도와줘야 하는데…. 특히 내일 아침이 문제다. 바람이 거세지면 보길도 일정은 포기해야 할지도 모르기 때문이다. 하지만 지금까지 우리의 겨울 여정에 차질이란 없었다. 언제나 모두의 마음은 하나였기에.

버스 안의 공부

경부고속도로 만남의 광장 휴게소에서 처음 쉴 예정이었지만, 시간 절약을 위해 서해안고속도로 진입, 서산휴게소에서 잠시 쉬었다. 서산휴게소를 떠날 때쯤부터 선생님들은 어느 정도 안정을 되찾은 것 같았다.

구름 사이로 햇빛이 간간이 비치는 겨울하늘은 날씨 걱정을 날려 버려도 좋을 정도였다. 버스 안에는 따스한 기운이 감돈다. 때를 놓칠세라 나는 버스 안에서 남도 문학에 대한 공부가 시작됨을 알렸다. 선생님들이 '정말?' 하는 표정들을 지었다.

먼저 '김영랑의 시문학 세계'에 대해 이 선생님의 설명이 있었고, '다산 정약용의 사상과 문학'에 대해서는 양 선생님이 강의해 주었다. '고산 윤선도의 생애와 시조'에 대한 강의는 글을 쓴 최 선생님이 불참한 관계로 내가 핵심 위주로 설명하였다.

눈을 감고 있는 선생님들도 있었다. 사실 고속도로를 달리는 버스 안에서 공부를 한다는 게 쉬운 일은 아니다. 더구나 새벽부터 잠 설치며 달려온 여정이 아닌가.

겨울 문학기행 연수는 교과서를 벗어난 현장체험 연수이기에 아마도 선생님들은 앞으로 전개될 여정의 꿈을 꾸고 있으려니 생각했다.

남도의 풍경들

어느 새 차창 밖으로는 호남 지방의 풍경이 빠르게 흘러가고 있었다. 지난 번 '눈 폭탄'이라 불릴 정도의 폭설이 내려 큰 피해를 입었던 곳이라고는 여겨지지 않을 정도로

산야는 평화로웠다.

그러나 가끔 보이는 커다란 비닐하우스들의 지붕이 내려앉은 모습에는 아직도 폭설의 상처가 남아 있었다.

내 옆 자리에는 문화답사 전문가인 조 선생이 앉아 있는데, 그는 우리의 연수를 도와주는 역할을 한다. 그가 지난 폭설 때의 일화를 들려준다.

답사를 다니다가 한 할머니의 집에 들른 일이 있었는데, 그 집 누렁이 다리 하나가 썩어가고 있어서 왜 그러냐고 물었더니, 할머니가 지난 번 큰 눈에 동상이 걸려 그렇게 되었다면서 그런 눈은 생전 처음 보는 '참말로 징~헌 눈'이었다고 했다는 것이다. 웬만한 추위에는 끄떡하지 않는 개가 동상에 걸릴 정도였으니 사람들은 그때 오죽했으랴.

•

목포 입체교차로를 지나 버스는 강진 땅을 향해 달렸다. 영산강 하구의 긴 둑이 눈에 들어온다. 둑의 오른쪽은 현대3호 조선소(영암조선소)가 있는 목포 외항이고, 둑의 왼쪽은 신축한 전남도청 빌딩이 들어선 신도시다. 아직 건물들은 많이 들어서지 않아서 신도시는 한적한 느낌이 들었다.

이제 이 한가로운 강변과 여유로운 들녘도 머지않아 휘황찬란한 문명의 불빛으로 넘쳐날 것이다. 개발을 향한 인간의 끝없는 질주는 여기도 예외가 아니었다.

대불산업단지가 보인다. 처음 조성될 때는 IMF 외환위기로 인하여 실패를 거듭하였는데, 최근에는 분양이 활발해지는 중이라고 조 선생이 말해주었다. 그러나 아직 분양 단계에 머물고 있는 광활한 산업단지는 빈 터가 더 많았다. 이 산업단지의 성패가 곧 이 지역 발전의 성패를 좌우할 것이라 하는데, 화려한 수사로만 인구에 회자되는 이른바 '서해안 시대'가 가시적 성과로 나타나기에는 갈 길이 아직 멀었다는 생각이 들었다.

처음 잘못 끼운 단추, 즉 국토의 동서(東西)를 균형 있게 발전시키지 못한 과거 정책의 오류는 이처럼 끈질기게 후손들에게 무거운 숙제를 안겨주고 있는 것이다.

강진 땅이 가까워지자 월출산이 그 위용을 자랑하며 눈앞에 모습을 드러낸다. 남도의 기상을 저 월출산처럼 잘 나타내주는 자연물도 그리 흔하지 않다.

너른 들판이 하늘을 향해 솟구치다가 멈추어 꿈의 병풍으로 펼쳐진 듯도 하고, 해와 달의 전설이 드넓은 대지에 뿌리를 내리고 영겁의 생명을 불어넣고 있는 강한 박동을 느끼게도 한다.

고려 시대부터 전략적 요충지였던 이곳은 조선 시대에는 전라 우수영 지역으로 왜적의 침략을 물리쳤던 민족정기의 요람이기도 하다. 그래서 그 어느 지역보다 강진 사람들은 자부심이 강하다고 한다. 사실 월출산의 대부분은 영암이 아니라 강진 땅에 속해 있다.

얼마 전까지 이 땅을 뒤덮었던 큰 눈의 흔적 대신 들녘에는 파릇파릇한 보리들이 자라나고 있었다. 추울수록 더 강하게 일어서는 저 보리들의 끈질긴 생명력. 들판을 나지막하게 흐르고 있는 안개는 마치 아지랑이인 듯 이른 봄기운을 느끼게 해주고 있었다.

다산초당에서

12시 40분경 드디어 강진 귤동마을에 도착했다. 버스에서 내리는데 검정색 정장 차림의 한 여성이 다소곳이 우리를 맞아주었는데, 강진군 문화유산해설사 정 선생이라고 한다. 일정을 바꾸어 우리는 식사를 먼저 하기로 하였다.

우리 일행이 점심식사를 할 곳은 다산학 연구원 1층에 위치하고 있었다. 아름다운 자연 풍광과 잘 어우러진 한식 가옥들이 여정에 다소 지친 일행의 마음을

푸근하게 해주었다.

둥근 통나무 의자에 앉자마자 누가 먼저랄 것도 없이 모두들 넉넉하게 차려진 음식에 마음을 빼앗기고 말았다. 무려 17가지에 달하는 가지가지의 나물들을 한 줌씩 모아 비비는 기쁨은, 이것들이 모두 주인댁에서 직접 정성어린 손으로 장만했다는 사실을 알고 나니 더욱 비할 데가 없었다.

별식인 녹차수제비가 있다는데, 그것은 다음 기회에 맛보기로 하고 구수한 숭늉으로 아쉬움을 달랬다. 느긋해진 표정으로 식당 문을 나서는 선생님들의 얼굴이 무척이나 밝아 보인다. 전화위복, 역시 먼저 먹기를 잘한 것 같다.

식사를 다 마친 우리들은 식당 바로 옆의 '다신계(茶信契)'로 들어갔다. 이곳에서 함께 차를 마시며 다산기념사업회 회장 윤동환(尹棟煥) 전 강진군수로부터 다산(茶山) 정약용(丁若鏞) 선생의 삶과 학문에 대한 이야기를 들었다.

강진 귤동마을 태생으로 귤림처사(橘林處士)인 윤단 선생의 6대 후손인 윤 회장은 다산의 사상과 철학을 연구하고 있으며, 다산의 유적과 유품들을 정리하고 그를 숭모하는 사업을 펼치고 있다고 한다.

바쁜 일정 때문에 18분만 이야기하겠다고 했던 윤 회장은 다산의 삶과 철학에 대한 이야기에 스스로 빠져들기 시작하자 결국 예정된 시간을 훌쩍 넘기고 말았다. 그에게서는 조상의 얼을 지키고 이어가는 의연함이 말끝마다 묻어나와 듣는 이를 감동으로 끌고 가는 힘이 있었다.

다산학 연구원을 배경으로 모든 연수생들이 처음으로 단체사진을 찍었다. 함께 식사하고 차를 마시고 강의를 듣고 사진을 찍으니 비로소 우리는 한 팀이라는 실감이 난다.

우리 일행은 촉촉한 오솔길을 걸어 '다산초당(茶山草堂)'으로 올라갔다. 큰 눈이 내렸던 산길이라 그런지 밟히는 땅의 촉감이 매우 부드러웠다. 흙이 숨을 쉬는 듯했다. 폭신폭신한 느낌으로 발끝에서 머리끝까지 감싸주는 겨울 산의 호흡과 나의 호흡이 하나가 된 듯했다.

눈앞에 추사 김정희 선생의 친필을 집자(集字)해서 모각한 현판이 보인다. 다산 정약용 선생의 18년 유배생활 중 10년간 안식처가 되어준 곳으로 여기서 저 유명한 '목민심서(牧民心書)'가 탄생했다.

적송과 대나무가 우거진 숲속에 자리 잡은 다산초당은 이름에 어울리지 않게 기와집이다. '다신계'에서 했던 강의에서 윤동환 회장은 초당이 기와집이 된 연유에 대해 이렇게 말했다.

'다산의 외가인 윤 씨 집안사람들이 폐허처럼 버려진 이 오지를 외국인들과 여러 사람들이 방문하는 것을 보고 중요한 유적임을 인식하고 복원하게 되었는데, 당시에는 이러한 유적을 관리하는 일이 워낙 힘들어 매년 초가지붕을 갈아내야 하는 노력과 경비를 덜기 위하여 기와집으로 복원했다.'

문화해설사 정 선생은 차분하고 정갈한 말솜씨로 이곳의 유래와 다산사경(茶山四境)에 대해 자세히 설명해 주었다.

다산 선생이 직접 수맥을 잡아 만드신 초당 뒤에 있는 샘물인 '약천(藥泉)'. 그 약천의 물을 길어다 차를 끓이던 너럭바위로서 차를 끓이는 부뚜막이란 뜻의 '다조(茶)'. 해배(解配)를 앞두고 발자취를 남기기 위해 손수 글자를 새겼다는 바위인 '정석(丁石)'. 그리고 1808년 봄에 선생이 이곳으로 이주하여 바닷가의 돌을 가져다가 조성한 연못인 '연지석가산(蓮池石假山)'.

다산 선생의 자취를 생각하며 나는 '정석(丁石)'도 매만져 보고, '약천(藥泉)'도 마셨다. 가슴속을 타고 흘러내리는 물맛이 다른 곳의 맛과 특별히 다른 것은 아니지만, 세월의 향기가 녹아 있고 역사의 미네랄이 숨 쉬고 있는 다산 얼의 정수라 생각하니 물맛은 물맛이 아니라 이곳 강진의 땅과 하늘의 맛이었다.

초당의 남동쪽으로 약 40여 보 거리에는 정면 3칸, 측면 1칸짜리 기와집인 '동암'이, 서쪽으로는 1975년에 복원한 건물로 제자들의 거처였던 '서암'이 자리 잡고 있다.

제자들과 차와 학문과 자연 속에서 다산 선생의 실학사상이 무르익어 간 현장에서 나는 잠시 숙연해졌다.

동암에서 조금 더 올라간 자리에 목조 건물인 '천일각(天一閣)'이 있는데, 이곳은 다산 선생이 흑산도로 유배 간 둘째 형 약전을 그리며 심회를 달래던 곳이라 한다. 날씨가 좋은 날엔 멀리 완도 쪽으로 다도해가 한눈에 들어온다고 하지만, 구름이 많이 끼어 있어서 흐릿하게 펼쳐진 바다의 실루엣을 마음에 담아가는 것으로 만족할 수밖에 없었다.

천일각에 오르려면 신발을 벗어야 하는데 몇몇 분들은 귀찮은 듯 망설이신다. 답사를 왔던 조 선생이 뒤에서 뭐라고 한다. 나도 가만히 있을 수 없어 신발을 벗고 천일각 마루에 올랐다. 발바닥에 닿는 차가운 나무 감촉이 전신을 시원케 한다.

'아, 이 맛을 느껴 보라는 거였구나.'

그러자 선생님들이 하나둘 모여들다 보니 마루 위가 가득 찼다. 사진 담당 이 선생이 디지털 카메라의 셔터를 찰칵찰칵 누른다. 우리들은 또 한 장, 함께 추억을 그렸다.

동백꽃 숲과 백련사

우리 일행은 한 줄로 늘어서서 백련사(白蓮寺)로 가는 오솔길로 접어들었다. 도란거리는 선생님들의 이야기 소리가 새들의 지저귐처럼 숲속으로 낭랑하게 퍼진다.

길과 나무, 시간과 사람, 역사와 생각이 함께하는 오솔길을 걸으니 무겁고 때 묻은 일상의 비늘들이 뚝뚝 떨어져 나가는 듯했다.

백련사로 가는 길에는 수백 년 동안 자연스럽게 조성된 동백나무 숲이 있다. 숲을 지날 때 정 선생은 이 동백나무 숲에 끝도 없이 피어나는 붉은 동백꽃들, 그리고 모가지가 똑똑 부러지며 떨어져 온 땅을 뒤덮는 동백꽃들로 인하여 그야말로 선혈의 바다를 이루는 장관을 묘사하기에 여념이 없었다. 우리는 한동안 동백나무 숲을 거닐었다.

왜 동백꽃은 이파리를 날리지 아니하고 스스로 자신의 목을 자르는 것일까? 수백 년 묵은 동백나무들의 몸통에는 곳곳에 크고 작은 혹들이 불끈불끈 솟아나 있었다. 그 동백의 혼들을 어루만지며 나는 잠시 생각에 잠겼다.

파도 향한 / 핏빛 그리움이
흰 눈 저밀 / 꽃으로 피워내도
참을 길 없는 서러움에
제 모가지 툭툭 떨어뜨리며
흙 속에 묻어도
터지고 터지다 / 아물고 아물다
육신 뚫고 꿈틀거리는 / 저 섬뜩한 번뇌여.
도솔로 가는 / 천겁의 기다림이여.

백련결사(白蓮結社) 운동의 본거지인 백련사는 '만덕사(萬德寺)'라고 불렸던 고려 시대의 사찰로, 통일신라 문성왕(839년) 때 선종 구산 중 하나인 성주산문을 개창한 무염선사에 의해서 창건되었다고 전해진다. 고려 무신정권 시기에 요세 스님에 의해 크게 중창되었고 천태종의 수행결사인 백련사의 종단이 되어 오늘에 이르고 있다고 한다.

이 절을 둘러싸고 있는 동백나무 숲, 그리고 만경루에 오르면 바라다 보이는 강진만의 경치는 장관이 아닐 수 없다. 날씨가 흐린 탓에 먼 경치를 볼 수 없는 것이 아쉬웠지만 우리는 또 다른 여정을 향해 발걸음을 돌렸다.

김영랑 생가에서

모란의 시인 김영랑(金永郎) 생가에 도착했다. 오래 전에 한번 왔던 곳이었는데, 주변 환경이 많이 달라져 있었다. 생가로 들어가는 좁다란 골목은 넓혀져 주차장까지 생겼고, 입구에는 전시관 건물이 들어서 있었으며, 후손들의 증언에 따라 복원된 별채 초가집도 말끔히 단장되어 있었다. 생가 주변의 담을 조성하는 공사는 진행 중이었다.

그래서 예전에 찾았을 때 느낄 수 있었던 어느 오래 된 가정집 같은 아늑함은 없었다. 대신 복원의 힘을 빌린 정제된 문화유적의 냄새가 진하게 배어나왔다.

문화해설사 정 선생은 시인 김영랑의 생애에 대해 꼼꼼하게 설명해 주었다. 부잣집 아들로 태어난 김영랑은 14세 때 두 살 위의 부인과 결혼하지만 1년 만에 부인과 사별한다. 서울 휘문의숙에서 공부를 한 그는 음악, 운동 등에 걸쳐 다재다능하였으며 여성 편력도 보통이 아니었다는데, 무려 10남매를 두었다고 하니 가히 짐작이 갈 만하다.

김영랑은 음악, 특히 창에도 탁월한 재능이 있어서, 들녘을 지나며 그가 창을 하면 일하는 아낙네들이 그만 까무러칠 정도였다고 한다. 서울에서 음악회를 한다는 소식을 들으면 논까지 팔아 구경을 갈 정도였다니, 김영랑의 예술 편력에 희생된 그 집안 살림은 어떠했을 것인가.

그 때문인지 그의 자녀들은 아버지를 인정하지 않으려 했다고 한다. 김영랑의 사후에도 생가를 돌보지 않아 폐가로 남아 있던 것을 군(郡)에서 매입하여 단장하고 보존하기 시작했다는 것이다. 그런 연후에야 그의 후손들이 관심을 보였다고 하니, 그 마음이 이해가 가기도 했다. 자식들에게 정작 필요한 것은 아버지의 풍류가 아니라 따스한 사랑이었을 것이다.

'오—매, 단풍 들것네!' 등 생가의 여러 곳에 새겨 놓은 김영랑의 시들을 읽으며, 그의 문학 밑바닥에 흐르는 삶을 생각해

보았다.

모란꽃이 흐드러질 봄날의 뜨락을 마음으로 그려보며 영랑 생가에서 아쉬운 발길을 돌렸다. 사랑채에 앉아 막걸리 한 잔도 했으면 하는 생각이 간절했다.

미황사의 종소리

다산초당에서 백련사로 가는 오솔길이 너무 좋아 선생님들의 발걸음이 느려졌던 탓이었을까? 예정 시간보다 30분 이상을 지체하여 오후 5시가 넘은 시간에 우리 일행은 달마산 중턱에 자리 잡은 미황사(美黃寺)에 도착했다.

주위는 어느덧 저녁 어스름이 엷게 일렁이고 있었다. 멀리 바다 위에는 흐릿한 섬들이 아늑하게 떠 있었다. 나는 마음속으로 그 바다에 놀빛을 칠해 보았으나, 오히려 짙은 안타까움만 더 묻어났다.

절 아래 골짜기와 남도의 소금강 중 하나로 유명한, 병풍처럼 절을 둘러싼 해발 489미터의 달마산 정상에서부터 불어오는 쌀쌀한 바람이 미황사의 경내를 감돌고 있었다.

단청을 입히지 않아 오히려 천 년 고찰과도 같은 기풍을 간직하고 있는 미황사 대웅전 앞에서 우리는 해남 땅에 살고 있는 김경윤 시인을 만났다.

잿빛 실용한복 두루마기가 잘 어울려 보이는 김 시인은 나지막한 목소리로 미황사에 얽힌 이런 저런 이야기를 들려주었다. 미소를 지으며 화두처럼 내던진 그의 첫마디가 마음 깊이 와 닿았다.

"느낌만 가져가시면 되지요."

큰 규모도 아니고, 화려하지도 않고, 높은 탑을 가지지도 못했지만, 미황사는 어딘가 인간미를 느끼게 해주는 친근감이 있었다. 처음 만났는데 언젠가 본 듯한 마음이 따뜻한 사람처럼. 그러고 보니, 이 절은 김해의 은하사와 참 많이 닮아 있다. 산을 업고 바다를 바라보며 미래에 오실 부처를 기다리는 절….

미황사는 예술인들이 많이 다녀가는 절이라 한다. 문인들이 이 절에 와서 작품을 쓰기도 한다는데, 아마도 이 절이 학교로 치면 분교와 같은 외진 곳에 있고 뒤로는 달마산, 앞으로는 남해의 절경이 천혜의 풍광을 자랑하고 있어서 작가들의 영감을 불러일으키기 때문이리라.

또한 이 미황사는 김해의 은하사와 마찬가지로 우리나라 불교의 남방 전래설에 얽힌 비밀을 간직하고 있기에 그 신비로움이 많은 사람들의 상상력을 자극하고 있을 것이란 생각이 들었다.

대웅전 기둥을 떠받치는 둥근 주춧돌에는 남방 불교의 비밀을 간직하고 있는 거북과 바닷게 등이 뚜렷이 새겨져 있었다. 허리를 굽혀 거북과 게를 만져 보았다. 여덟 개의 게의 다리들이 꿈틀대는 것만 같았다.

그 옛날 저 바다를 건너온 사람은 누구였을까? 점점 어두워가는 먼 바다를 바라보며 신화와 전설은 결코 황당한 이야기가 아님을 새삼 깨닫고 있는 사이, 종소리가 울려 퍼지고 있었다. 대웅전으로 오르는 계단 아래 우측에 있는 종각에서 한 스님이 범종을 치는 모습이 눈에 들어왔다.

줄을 당기다가 왼발을 가볍게 들어 올리며 타종을 하면 은은한 종소리는 온 경내로 퍼진다. 내 가슴과 머릿속을 물들인 종소리는 다시 달마산 정상으로 올라간다. 그리고 만세루를 스치고 숲속을 맴돈 종소리는 멀리 다도해를 일렁이며 그 옛날 이곳에 오셨던 그분의 나라, 서방정토까지 날아가리라.

여정도 잊은 채 몇 선생님과 같이 나는 한참동안 물기 어린 종소리에 흠뻑 젖어 있었다.

어느 때 / 달마산 넘어

수미산(須彌山)까지 오르려나.

어느 날 / 다도해 건너

칠해(七海)까지 닿으려나.

흰 눈 세상이 오면

그제야 / 한 송이 붉은 동백으로 피려나.

한바탕 파도를 만나면

휘청거리는 육신 던져두고

떠나는 낙조에 안기면

수줍은 초석 뒤에서 그리워하며.

너는 / 바람 공양으로

고해에 부유하고 있구나.

미황사의 종소리를 가슴에 담고 우리는 버스를 타고 숙소인 관광호텔로 향했다. 날은 벌써 어두워졌다. 숙소에 도착한 즉시 식당으로 향했다. 거북선 모양을 그대로 본떠 지은 건물이라고 한다.

불고기 전골은 이미 보글보글 끓고 있었다. 산해진미가 어우러진 다양한 밑반찬들도 맛깔스럽게 차려져 멀리서 내려온 나그네들의 입맛을 돋우었다. 문학기행 연수에 참가한 모든 이들의 행복을 기원하는 건배를 시작으로 우리는 푸짐한 만찬을 즐겼다.

조 선생은 주인 내외를 모셔와 인사를 시킨다. 아까 점심때도 그랬고, 어딜 가나 음식점 주인을 소개하는 것이 조 선생의 장점이다. 그런 것은 참 좋다. 여행은 모름지기 자연과 사람과의 만남이 아니던가. 특히 음식을 통해 나누는 인정이야말로 돈 주고도 살 수 없는 여행의 별미일 것이다.

바닷바람 속의 세미나

저녁식사를 마친 후에 식당 위층에 있는 세미나실에서 강의가 진행되는데, 시간이 있어 잠깐 밖으로 나가 보니 어두운 땅끝의 고갯마루에는 바다에서부터 세찬 바람이 몰려오고 있었다.

몇몇 선생님들이 걱정을 한다. '이러다가 보길도에 못 가는 것 아냐?' 어떤 여선생님은 세 번이나 왔는데 바람 때문에 다 실패했단다. 나는 라운지에 가서 괜찮은지 물어보았더니, 키 큰 중년 남자가 다소 시큰둥하게 대답한다.

"바람요? 저 밖에 쓰레기통이 날아가든가 해야 바람이 쬐끔 부는구나, 뭐 그렇지. 이건 바람도 아니구먼요."

안에 들어와 그 얘길 해주었더니 안심하는 표정들이다. 하긴 나도 바람이라면 고향 제주에서 맞을 만큼 맞아봤다. 바람이 안 불고 고요하면 바닷가에선 그게 되레 이상한 거다. 그건 태풍 전야인 거다. 바닷가는 바람의 집이다.

바닷바람은 우리가 앉아 있는 넓은 세미나실 입구의 유리문 틈까지 들어와 윙윙 소리를 내고 있었다.

바람 소리를 들으며 앉아 있는 우리 일행의 모습은 마치 임철우의 '사평역' 대합실에 앉아 막차를 기다리는 사람들과도 같았다.

무대에 '남도 문학의 향기를 따라서'라고 새겨진 현수막을 달았다. 성능 좋은 스피커와 마이크에다 번듯한 탁자와 의자까지 갖춘 이런 저녁의 세미나는 겨울연수 사상 가장 좋은 환경에서 이루지는 것이다. 그동안은 늘 저녁식사 하는 식당에서 세미나와 토론을 해왔었으니까. 장소가 넓다 보니 오붓한 분위기를 가질 수 없는 게 흠이라면 흠이었다.

강사로 나선 김경윤 시인은 남도 문학을 꽃피운 네 명의 대표적인 해남의 시인들—이동주, 박성룡, 김남주, 고정희—의 삶과 작품에 대해 강의하였다. 그는 특유의 나지막하고도 소박한 목소리로 시인들의 문학세계에 대해 차근차근 이야기보따리를 풀어나갔다.

가끔 시를 낭송하는 김 시인의 목소리는 진지하고도 숙연한 데가 있었다. 고향과 시와 사람들을 사랑하는 그의 모습은 그대로 해남의 자연을 꼭 빼닮은 것 같았다.

바깥에서는 바닷바람들이 여전히 서성거리기도 하고 안을 들여다보며 문을 두드리고 있었다. 싸락눈이라도 잠깐 몰아와 주었으면 좋으련만….

저녁 세미나가 끝나고 일행은 모두 정해진 숙소로 이동하였다. 떠나기 직전에 몇 명이 못 오는 바람에 방 몇 개는 남게 되었다. 일괄 계약했으니 돈을 돌려받을 수도 없고, 이런 경우가 참 딱하다.

맥주 한 잔 하려고 잠자리 파트너인 이 선생과 언덕길을 걸어 레스토랑으로 올라가는데, 얼굴을 스치는 바람결이 매섭지가 않고 부드러운 느낌이 든다. 내일은 대한이지만 추위는 이 남쪽 바다에서 이미 한풀 꺾인 것 같다.

멀리 어둠 속 바다를 바라보았다. 내일 건너갈 바다는 어떤 모습일는지…. 하늘이 흐려 별들은 잘 안 보였지만 마음속으로 하늘에 빌었다. '내일 아침 바다를 잔잔하게 해 주소서.'

갈두항 출항

문학기행 이틀째, 1월 20일.

눈을 뜨니 새벽 5시다. 일찍 아침식사를 해야 한다는 긴장감에 저절로 눈이 떠졌다. 6시에 식사를 하기는 이번 연수가 처음이다. 7시에 배를 타는 부지런을 떨지 않으면 그만큼 많은 것을 볼 수도 얻을 수도 없다는 것을 일행 모두가 알고 있기에 어제 저녁 이른 기상을 해야 한다는 당부에도 누구 하나 싫은 내색이 없었다.

식당으로 가기 위해 문 밖을 나서는데 아직 어둠이 걷히지 않은 하늘로부터 부드러운 바람 몇 줄기가 인사하듯 내려온다. 어젯밤 우리를 걱정하게 하던 짓궂은 바람들은 다 어디로 갔는지…. 마음은 한결 가벼워졌다.

벌써 식탁의 냄비들에서는 해물 된장찌개가 보글보글 끓고 있었다. 선생님들이 삼삼오오 식당으로 들어왔다. 힘든 일정에도 모두들 명랑한 얼굴들이었다. 어제 저녁 체했다던 여선생님도 밝은 모습으로 나타났다. 속이 편안해졌다고 한다. 고마운 일이다.

조 선생은 연신 점심식사 시간이 늦을 테니 잔뜩 먹어두라고 당부하면서 식탁 사이를 돌아다닌다. 점심 예정 시간은 오후 1시다. 나도 아침을 많이 먹는 편은 아니지만 된장국과 간장게장을 반찬으로 밥 한 그릇을 거뜬히 비웠다. 뱃속이 든든해졌다. 출항 준비는 끝났다.

7시에 갈두항을 출발하려는데 예상치 못한 문제가 생겼다. 아직 만조 때가 되지 않아 자동차가 배로 건널 수 있도록 연결해주는 배의 앞머리가 육지와 수평을 이루지 못하고 턱이 진 것이다. 우리와 고락을 함께하는 이 기사님은 버스를 안전하게 배로 옮기기 위해 한참을 고생하였다.

나는 아슬아슬한 장면을 손에 땀을 쥐며 지켜보았다. 혹시라도 버스에 문제가 생긴 큰일이기 때문이다. 뱃사람들이 버스의 앞바퀴와 뒷바퀴에 연달아 깔판을 깔아대고 이 기사님이 땀 흘리며 고생한 덕분에 버스는 무사히 배에 오를 수 있었다. 모두 박수가 저절로 나왔다.

이 기사님의 운전 솜씨는 참으로 탁월하다. 배의 갑판 위로 오르던 조 선생은 놀라움에 입을 다물지 못하면서, 처음에 뱃사람들이 버스는 못 간다고 말했단다. 그것도 아주 태평스럽게. 그랬을 것이다. 그들의 일상과 우리의 일상은 다르니까.

물이 차면 차는 대로 빠지면 빠지는 대로, 바람 불면 부는 대로 자면 자는 대로 살아가는 뱃사람들이 아닌가. 나와는 다른 삶을 사는 사람들을 보는 것, 그래서 세상은 수많은 다른 사람들이 조화를 이루며 살고 있다는 것을 새삼스럽게 깨닫는 것, 이 또한 여행의 소중한 가치일 것이다.

우리 문학기행 팀과 보길도에서 일하는 사람들, 수련활동을 가는 것으로 보이는 한 종교단체의 젊은이들 등 60여 명가량의 승객을 태우고 배는 힘차게 바닷길을 가르며 보길도를 향했다.

다도해의 겨울 아침

갑판에 올랐다. 오랜만에 겨울바다 한가운데를 질주하는 상쾌함에 간밤의 술기운은 온데간데없이 사라져버렸다. 서서히 어둠이 걷히는 다도해의 물결과 주변의 수많은 섬들을 보며 우리는 어서 해가 뜨기를 기다렸다.

하지만 하늘을 덮은 구름이 너무 두꺼웠다. 결국 다도해에서 해돋이 감상은 운 좋은 어느 날로 미룰 수밖에 없었다. 그래도 바람이 생각보다 잔잔해져 이 한겨울에 바다를 건너갈 수 있게 된 것만도

다행이라 생각했다.

아직까지 우리의 여정은 계획대로 잘 진행되고 있다. 육지와 바다를 넘나드는 겨울 여행은 이렇게 해서 큰 고비를 넘기고 있었다.

보길도로 가는 바닷길에는 수많은 양식장이 꼬리에 꼬리를 물고 이어지고 있었다. 그것은 김과 전복 등을 키우는 이 지역 사람들의 생명줄이었다. 문득 내 고향 제주도가 생각났다. 이 배가 남해를 이대로 계속 달려 고향의 바다로 나를 데려가 주었으면 참 좋겠구나 하고 생각했다.

갑판의 한쪽에서는 어제부터 우리의 여정에 함께하는 김경윤 시인과 오늘 동행하는 정윤섭 선생, 그리고 연수팀 선생님들 몇 분이서 아기자기한 대화를 이어가고 있었다. 이 바다와 섬과 사람들의 이야기, 어제 못다 한 시와 시인들의 이야기를 하는 김경윤 시인은 행복해 보였다. 그러고 보니 이 바다가 바로 그의 고향이 아니던가. 맞다. 고향에서 외지인에게 고향을 말하는 사람은 누구나 행복한 것이다.

배가 잠시 어느 섬에 머물렀다. 갑판에서 내려와 보니, 일단의 사람들이 분주하게 짐을 이고 진 채 배에서 내리고 타고 있었다. 지나가는 아주머니에게 물어보았다.

"여기가 어딥니까?"

"넙도여. 근디 어디서 왔소?"

"서울요. 연수 갑니다."

"워메, 하필 요런 대목 때 뭔 연수당가? 좌우당간 연수고 뭣이고 간에 전복이나 많이들 사먹으소잉. 여기서 나는 것들잉께 참으로 좋을 것이여."

세연정과 윤선도

약 1시간의 항해 끝에 배는 보길도(甫吉島) 선착장에 무사히 안착했다. 그동안 물이 들어와서 해수면이 높아진 덕에 우리 버스는 출발할 때 같은 큰 어려움 없이 뭍으로 내려설 수 있었다.

해남반도 남단으로부터 남으로 12km쯤 되는 거리에 있는 보길도는 전라남도 완도군 보길면에 속하는 면적 32.8㎢의 섬으로, 논밭이 좋아서 어업보다 농업에 종사하는 사람이 많으며 주요 수산물은 천초(天草), 김, 미역, 갈치 등이다. 최고봉인 격자봉(435m)을 중심으로 하여 북동방향으로 흐르고 있는 계류(溪流) 주변을 윤선도(尹善道)가 부용동(芙蓉洞)이라 불렀고, 병자호란 이후 이 일대에 정사

(亭舍)를 세우고 연못을 축조하는 등 도피적 별서(別墅) 생활을 한 유적이다.

8시 20분경 우리는 보길도의 첫 방문지 세연정(洗然亭)을 시작으로 고산(孤山) 윤선도의 자취를 더듬어 나가기 시작했다. 해남군청 향토사학자인 정윤섭 선생은 차분한 어조로 윤선도와 세연정에 얽힌 사연들을 우리들에게 설명해 주었는데, 분위기가 좋았는지 지나가던 관광객들도 발걸음을 멈추고 설명을 듣는다.

고산은 1636년 나이 50세 되던 해에 병자호란이 일어나자 고향인 해남에서 의병을 모집하여 강화도에 이르렀으나 강화도가 이미 함락되고 임금이 남한산성에서 청나라에 항복했다는 소식을 듣고 비통한 심정을 참지 못하고 세상을 피해 살기 위해 제주도로 가던 중 풍랑을 만나 이곳 보길도의 '대풍구미'에서 풍랑을 피하였다고 전해지고 있다. '대풍'이란 항해에 적당한 바람을 기다린다는 뜻이고 '구미'란 바다가 육지 쪽으로 들어 온 작은 만이라는 뜻으로 지금의 황원포를 뜻한다고 한다.

세연정은 자연과 인공을 교묘히 접합시킨 조원(造園)으로, 자연못(세연지)과 인공못(회수담)을 태극무늬로 휘감아 돌리고 복판에다

정자를 열십자각으로 지었다. 회수담을 판 것은 못의 물을 오랫동안 가두기 위한 방책이기도 하다. 판석보에 막힌 물길이 세연정 북쪽 배수구를 지나 회수담을 감돈 다음 조그만 인공 도랑으로 빠지며 태극무늬의 흐름을 만들어 낸다. 그 사이에 마련된 네모난 섬 위에 십자각으로 정자를 지었다. 개울에 보(판석보, 일명 굴뚝다리)를 막아 논에 물을 대는 원리로 조성된 세연지는 산중에 은둔하는 선비의 원림으로서 화려하고 규모가 크다.

윤선도의 대표작인 '어부사시사(漁父四時詞)'는 주로 이곳에서 창작되었다고 한다. 1992년 12월 복원된 세연정은 고산의 기발한 착상이 잘 드러난 곳이다. 군데군데 기암괴석이 있는 연못은 화려하면서도 웅장함을 자랑하고 있는데, 정자의 문들은 모두 천장에 매달려 있어 필요할 때는 칸을 막아 방이 되고 문이 되는 특이한 형태다.

지금도 그 아름다움과 운치를 말로 다할 수 없는데, 동백꽃까지 피었으면 어찌되었을까? 뒤를 돌아보면서 겨우 발길을 돌렸다.

윤선도 문학공원

세연정 안의 소로를 빠져나오니 바로 들이었다. 우리는 한 줄로 늘어서서 밭둑을 걸었다. 흐린 겨울 아침의 들판을 걷는 맛이라니! 고향에 돌아와 먹는 아침 장국의 느긋한 맛이 이럴까? 오랜만에 느껴보는 한가로움이 발바닥에 와 닿는 폭신한 흙의 감촉에도 그대로 묻어나왔다.

밭둑을 나와 10분 정도 큰길을 걸어 우리는 고산 문학체험 공원으로 이동하였다. 세연정에서 동천석실(洞天石室)로 향하는 길목에 있는 이 공원은 고산의 문학세계를 체험할 수 있는 어부사시사 돌길을 비롯해 죽림욕장, 고향사랑 돌탑전 등 8개의 체험코스로 꾸며져 있다.

동천석실은 산 중턱 바위산에 조그맣게 지어져 있는데, 이름이 의미하는 것처럼 하늘이 바라다 보이는 돌로 만든 집이 아니었을까 하는 생각을 해본다. 동천석실 바로 아래쪽 석담은 바위를 쪼아서 석간수를 저장하도록 하였는데, 수량이 많아지면 이곳에서 화사하게 연꽃이 피어오른다고 한다.

그 옛날 윤선도는 동천석실에 도르래를 설치하여 이 아래에서 먹을 수 있도록 음식 등을 날랐다고 하니, 양반의 위세와 호사가 가히 짐작이 가고도 남는다. 그 호사스런 풍류를 위하여 허리를 꺾었던 서민들은 얼마나 많은 피땀을 흘렸을 것인가. 고산의 문학 어디쯤에선가는 서민들에 대한 따스한 시선 한 줄기만이라도 만나고 싶어진다.

윤선도 문학공원에는 '어부사시사(漁父四時詞)' 40수가 춘하추동 순서로 네모난 아크릴판에 새겨져 인공 돌길을 따라 서 있었다. 국어선생들은 반가운 마음으로 수학여행길 아이들처럼 시조를 읊어 보기도 하고 처음 대하는 작품 앞에서는 신기해하기도 하면서 돌길을 따라 걸었다.

옛 사람의 글을 지금 사람이 읽는다. 옛 사람이 거닐던 숲을 지금 사람이 거닌다. 옛 사람의 꿈과 지금 사람의 꿈이 같은 자리에 있다. 우리는 지금 무엇을 꿈꾸고 있는가?

고산은 노래했다. 인간세계는 '멀수록' 더욱 좋다고. 그러나 그럴수록 고산의 가슴속에 깊이 각인되던 이상향은 역설적으로 가까이 가고 싶은 인간세계였으리라. 비타협적 당쟁이 그를 자연 속으로 몰아갔지만 그것은 결국 이상적 인간세계를 향한 강렬한 복귀를 꿈꾸게 하였을 것이라는 생각이 든다.

사시사철 바다에서 그는 무엇을 낚아 올리려고 했을까? 그는 무엇을 꿈꾸었을까? 보길도에서 그가 보았던 것, 생각했던 것, 그리고 만들려고 했던 것은 무엇이었을까? 어떤 사람은 보길도에서 첩과 함께 살았던 고산의 화려한 양반생활을 비판하지만, 그 사랑이란 것은 오히려 고산의 이루지 못한 꿈의 당의정(糖衣錠)에 불과했는지도 모른다.

낙서재, 곡수당

문학공원에서 나와 우리는 버스로 잠깐 이동을 한 후, 오르막길을 걸어 낙서재(樂書齋)로 올랐다. 이곳은 고산이 살았던 집터이다. 처음에는 초가로 지었다가 나라에서 송금령(松禁令)을 내려 소나무를 못 베게 하자, 잡목을 베어 집을 지었다고 한다.

낙서재에서 내려오는 길에 곡수당(曲水堂) 터를 내려다보았다. 곡수당은 고산의 자제가 기거했던 곳인데, 논밭으로 변해버려 옛 모습을 찾아보기 힘들다. 세연정보다는 비교적 규모가 작은 정자였다고 한다.

앞으로 낙서재와 곡수당을 복원할 계획이라고 하니 장차 이곳에 재현될 고산의 삶터는 어떤 모습일지 궁금해진다. 다만, 어느 관광

지나 예외 없는 돈 냄새가 제발 이곳에서만큼은 풍기지 않기를 바랄 뿐이다.

자본과 지역 발전의 논리를 앞세운 천박한 개발과 함부로 이루어지는 유적과 문화재 복원, 또한 주변 경관의 억지 조성은 뜻있는 이들을 얼마나 안타깝게 만드는지 모른다.

보존은 고사하고 개발을 앞세워 종종 문화재를 파괴하는 지경에까지 이르게 하는 경우도 적지 않은 것이 현실이다. 우리는 이러한 자화상을 부끄러워해야 할 것이다.

몽돌 해안에서 갈두항으로

버스는 다시 우리를 태우고 예송리 몽돌 해안으로 달린다. 섬에 왔으니 어찌 바닷물 가까이 가지 않을 수 있겠는가. 해안 주차장에 차를 세우고 밖으로 나오니 수많은 몽돌이 파도에 휩쓸리며 일으키는 소리가 사방에 가득하다.

몇몇 선생님들은 가게에서 해산

물을 좀 싸게 살 요량으로 시끌벅적 요란하다. 주인 할머니가 내뱉는 강한 사투리가 몽돌 소리처럼 귀에 쟁쟁하게 들려온다.

바람이 제법 세게 부는 바다는 계속하여 흰 물거품을 토해내며 으르렁거린다. 물수제비는 뜰 수 없어서 그냥 수평선을 향해 몽돌 하나를 날려 보았다. 마음 한 구석에 묵직하게 있던 무언가 빠져 나간 듯했다.

여선생님들 여럿이 해산물을 샀다. 모두들 김이랑, 다시마랑, 톳이랑 양손 가득 비닐봉지에 담아 오니 버스 안은 온통 바다 냄새로 넘쳐난다. 모두가 즐겁게 웃으며 바다 냄새가 좋다고 한다. 이 냄새가 서울에 갈 때까지 그냥 남아 있었으면 좋겠다고 생각했다.

보길도 추억을 고스란히 가슴에 담은 우리 일행을 태운 배는 11시를 조금 지나 다시 갈두항 선착장을 향해 바닷길을 갈랐다.

그런데 약 1시간가량 잘 달리던 쾌속선 속도가 형편없이 떨어졌다. 이유를 몰랐는데, 조 선생이 설명을 해준다. 우리의 배 앞에 수십만 톤급 화물선으로 보이는 거대한 배가 가로질러 가고 있어서 그렇다는 것이다.

그제야 이해가 되었다. 잘못해서 그 배가 일으키는 파도의 영향권 안으로 들어갔다가 이런 배는 그야말로 추풍낙엽 신세를 면치 못할 테니까.

이런 넓은 바다 위에도 교통체증이 있다는 걸 새삼 알았다. 하긴 저 광활한 하늘에서도 비행기끼리 부딪치고, 망망대해에서도 배끼리 충돌사고가 일어난다.

바다의 교통 체증 때문에 도착 예정 시간을 약 20분 정도 초과해 버렸다. 서둘러 배에서 내렸다. 아까부터 배가 고팠다.

땅끝 전망대에서

배에서 내린 우리는 버스를 타고 바로 땅끝 전망대를 향했다. 전망대 아래 산 중턱을 오르니, 여러 군데에 땅끝을 소재로 한 시들을 새겨놓은 시비(詩碑)들이 멀리 다도해를 바라보며 묵묵히 서 있었다. 낯익은 시인들의 이름이 보였다. 고은, 오세영, 김지하….

시비들을 뒤로 하여 바다를 바라보고 있는데, 김지하 시인의 '애린(愛隣)'을 낭송하는 한 여선생님의 목소리가 낭랑하게 울려 퍼진다.

"땅 끝에 서서 / 더는 갈 곳 없는 땅 끝에 서서 / 돌아갈 수 없는 막바지 / 새 되어서 날거나 / 고기 되어서 숨거나……."

그 목소리를 지나는 솔바람이 가벼이 엿듣고 간다. 고즈넉하게 바다 위에 떠 있는 섬들도 귀 쫑긋 기울여 멀리서 온 나그네의 목소리를 듣고 있다. 겨울 햇빛은 비스듬히 등성이에 와 머물러 물끄러미 우리들을 보고 있다. 산과 바다, 바람과 햇빛, 시와 사람이 땅끝의 한 모롱이에서 함께 어울리며 하나가 되고 있었다.

그런 생각을 하고 있는 사이 나는 문득 가슴이 텅 비어 가고 있음을 느꼈다. 그리고 그 비어가는 가슴의 한쪽에서는 알 수 없는 감정이 다시 차오르고 있었다.

바야흐로 겨울연수의 절정이었다.

산이랑 바다가
바람이랑 햇빛이
멀리서 온 지친 나그네와
서로의 어깨를 기대어
시 한 구절 속삭이게 하고
노래 한 소절 흥얼거리게 하여
가득 찼던 가슴 텅 비게 하는
땅끝은
삶의 고운 모롱이

녹우당, 고산 유물 전시관

점심식사를 위해 해남읍 남외리에 있는 식당에 도착한 시간은 오후 1시 50분경. 아침식사를 한 지 8시간이 가까워지고 있었으니 모두들 얼마나 배고팠을 것인가.

푸짐한 음식상이 그렇게 반가울 수가 없었다. 소주 한 잔씩을 따르고 우리들은 '지화자~ 좋다!'를 외쳤다. 불고기, 전, 굴비, 된장찌개 등 맛있는 것들 중에서 가장 인기를 끈 것은 돼지고기와 홍어를 묵은 김치에 싸먹는 삼합이었다.

여행에서 먹는 즐거움이란 결코 빠질 수 없는 것. 지친 여정 속에서도 모두들 맛있게 먹는 표정을 보니 내가 마치 식당 주인이라도 된 양 흐뭇하기 이를 데 없었다.

이번 문학기행 연수의 마지막 방문지는 고산 윤선도의 유적지인 녹우당(綠雨堂)이다. 본래의 모습과 형세를 잘 간직하고 있는 해남 윤 씨의 종가인 녹우당은, 고산 윤선도와 그의 증손자이며 자화상으로 널리 알려진 조선 중엽의 화가 공재(恭齋) 윤두서(尹斗緖)가 태어나 살았던 집으로 유명하다.

ㅁ자 형태의 한옥 건물은 60여 칸에 달하는 큰 저택인데, 사랑채는 고산 선생이 봉림대군(효종)의 사부였던 것을 계기로 하사 받은 수원 집을 헐어 이곳에 옮겨와 지은 것이라고 한다.

녹우당 입구에서 연세 지긋한 노인이 운전하는 흰 승용차 한 대가 우리 일행을 보더니 멈췄다. 조 선생이 반갑게 인사를 한다. 알고 보니 그분이 바로 우리와 만나게 될 종손 어른이란다. 출타했다가 우리와의 약속을 위해 막 돌아오는 길이라 했다. 이처럼 평소 때 만나보기 어려운 현지의 유지들과의 만남이 있어 현장 체험연수는 더욱 값지고 보람이 있는 공부의 기회가 되는 것이다.

우리 일행은 모두 내사채의 안뜰로 들어갔다. 따스한 겨울 햇살이 내려앉은 안뜰에는 우리 고유의 한옥에서만 느낄 수 있는 평안함이 감돌았으며, 오랜 세월 동안 사람들의 손때가 묻어 윤가기가 감도는 섬돌과 툇마루는 한없이 정겨워 보였다.

답사 왔을 때 사귀었다며 조 선생이 보고 싶어 하던 하얀 강아지는 툇마루 아래에 들어가 있었다. 아마 한꺼번에 많은 사람들이 몰려오니까 무서워서 그랬던 것 같다. 강아지는 여기저기 돌아다니다 우리가 툇마루에 빙 둘러앉아 종손 어른의 이야기를 들을 때는 나의 무릎 위에 얌전히 앉아 있었다. 녀석도 분위기를 파악한 모양이다. 양반 댁 강아지답게.

고산 윤선도의 18대손인 종손 어른은 뜰 한가운데 의자에 단정한 양복 차림으로 앉아 이 집에 얽힌 여러 가지 이야기를 들려주었다.

옛날 다산 정약용은 이 외가에서 수많은 책들을 가져다가 공부를 했다고 하는데, 그러고 보면 실학의 힘은 외가의 힘이라고 해도 지나친 말은 아닐 듯하다.

이 집에는 수많은 고서들이 있는데 관리가 힘들어 서울의 정신문화연구원 같은 기관에 의뢰하여 관리하고 있다고 한다. 책 도둑도 들어온 적이 있다는데 무슨 책을 몇 권이나 잃어버린 줄을 모를 정도였다는 것이다.

종손 어른은 자랑스럽게 큰 액자 하나를 보여주었는데, 두 손녀와 이제 두 살이 되었다는 손자 사진이었다. 가문을 이어 나갈 손자가 없어 노심초사하던 차에 얻은 귀한 자손이니 어찌 사랑스럽지 않을 수 있겠는가. 만면에 웃음을 가득 머금으신 종손 어른의 표정은 아이처럼 해맑았다.

나는 그 어른의 모습을 보며 사람이 대를 이어간다는 것은 무엇일까를 생각해 보았다. 그것은 단순한 핏줄의 이어짐만은 아닐 것이다. 핏줄에 녹아 있을 얼의 이어짐, 얼과 얼의 만남, 그리고 그 바탕 위에서 피어나는 새로운 얼의 창조가 진정 참다운 대의 이어짐일 것이다.

우리는 지금 이 안뜰에서 얼과 얼의 만남을 하고 있으며, 우리의 연수는 그런 뜻에서 새로운 얼의 창조를 위한 것이라고 거창하게 생각해 보았다.

우리는 모두 같이 모여 사진을 찍었다. 고산의 발자취가 남아 있는 고택의 안뜰에서 종손 어른과 사진속의 장손, 강아지까지 다함께. 이 고택에 흐르는 얼까지도.

녹우당에서 나오는 길에 '고산 유물 전시관'에 들렀다. 전시관에는 국보 제 240호인 윤공재 자화상을 비롯하여 해남 윤 씨 가전고화첩(보물 제 481호), 윤고산 수적관계문서(보물 제 482호), 노비문서 등 소중한 유물들이 전시되어 있었다.

시간이 허락되지 않아 비자나무 숲, 어초은 묘지, 고산 사당, 추원당 등을 다 둘러보지 못한 것이 못내 아쉬웠다.

일행이 모두 버스에 올랐을 때 시간은 오후 4시를 훨씬 넘어서고 있었다. 어제부터 우리와 함께 한 김경윤 시인과 정윤섭 선생과도 작별의 정을 나누었다. 인사말을 하는 두 분에게 우리는 모두 힘찬 박수로 고마움을 표시하였다.

별다른 말은 안 해도 악수를 나누는 손끝에서 인연이 닿으면 또 어디선가 만나게 되리라는 희망을 느낄 수 있었다.

에필로그

낙조가 어느덧 겨울 하늘을 물들이기 시작했다. 우리를 태운 버스는 호남의 들녘을 가로지르며 달리다 고속도로로 접어들어 서울을 향하여 방향을 잡았다.

차창 밖으로는 길과 나무와 집들이 빠르게 스쳐간다. 많은 것들을 가슴속에 가득 담아가는 것 같으면서도 무언가 아쉬움이 남은 것만 같아, 나는 자꾸 멀리에 펼쳐지는 남도의 겨울 저녁 풍경을 보고 또 보았다.

어두워진 고속도로를 달리며 연수 소감을 한마디씩 하는 기회도 가졌다. 대부분 좋은 연수가 되었다고들 했다. 다음 연수 때 꼭 끼워달라는 주문도 잊지 않았다. 어떤 선생님은 허드렛일이라도 좋으니 연구회에 도움이 되고 싶다고 했다.

참 고마운 말씀들이 아닐 수 없다. 바쁘게 학교생활을 해나가는 가운데 연수를 준비하고 진행하다 보면 힘든 일이 한두 가지가 아닌데 이런 순간이 되면 그 모든 걸 잊는다. 다른 데서는 얻을 수 없는 보람이 아닐 수 없다.

물론 오늘 이 보람도 그냥 얻어진 것이 아니다. 그것은, 방학임에도 불구하고 열성적으로 문학기행 연수에 참가한 선생님들과 노고를 마다하지 않은 연구회 임원들, 민들레 문화학교 조 선생의 도움과 이 기사님의 헌신, 그리고 가는 곳마다 우리를 친절히 환대해 주며 많은 이야기를 들려주던 향토사랑 넘치는 지역의 문화 예술인 모두가 노력해 준 결과이다.

함께 참여하고 나누는 일, 그것이 바로 우리 모든 공동체의 지향점이 아니겠는가!

밤 9시 30분. 열심히 고속도로를 달려온 버스가 서울 양재역에 안착했다. 대부분의 선생님들이 내리셨다. 임원들이 버스 밖에 나가서 가시는 선생님들과 작별의 정을 나누었다. 피곤할 텐데 모두들 밝은 표정으로 인사를 건네주신다. 출발할 때의 서먹함은 전혀 느낄 수가 없었다. 한 가족 같다. 모두들 편안한 집에서 좋은 꿈들을 꾸시기를….

그렇게 우리들이 소망했던 겨울의 꿈은 남도의 동백꽃처럼 우리 모두의 마음속에서 붉게 피어나고 있었다.

(2006. 1, 겨울 문학기행 연수)